Clube do Cupcake

Mia
entra na mistura

Coco Simon

Clube do Cupcake

Mia
entra na mistura

Copyright © 2011 by Simon & Schuster, Inc.
Copyright © 2013 by Novo Século Editora Ltda.
Published by arrangement with Simon Spotlight and Imprint of Simon & Schuster children's Publishing Division.

Todos os direitos reservados. Proibida a reprodução, no todo ou em parte, em qualquer lugar do mundo, em qualquer língua, sem a autorização prévia por escrito do autor, sejam quais forem os meios empregados.

COORDENAÇÃO EDITORIAL	Carolina Ferraz
PRODUÇÃO EDITORIAL	Eliane Costa Coelho
TRADUÇÃO	Carolina Huang
CAPA	Monalisa Morato
DIAGRAMAÇÃO	Oika Serviços Editoriais
REVISÃO	Lílian Kumai

Texto de acordo com as normas do Novo Acordo Ortográfico da Língua Portuguesa (Decreto Legislativo nº 54, de 1995)

Dados Internacionais de Catalogação na Publicação (CIP)
(Câmara Brasileira do Livro, SP, Brasil)

Simon, Coco
    Clube do cupcake : Mia entra na mistura / Coco Simon ; [tradução Carolina Huang]. -- Barueri, SP : Novo Século Editora, 2013. -- (Diários de cupcake)

    Título original: Mia in the mix.

    1. Ficção - Literatura infantojuvenil
I. Título. II. Série.

13-01663   CDD-028.5

Índices para catálogo sistemático:
1. Ficção : Literatura infantojuvenil   028.5
2. Ficção : Literatura juvenil   028.5

2013
Impresso no Brasil
Printed in Brazil
Direitos Cedidos para esta Edição à Novo Século Editora
Alameda Araguaia, 2.190 – Conj. 1111
CEP: 06455-000 – Barueri – SP
Tel. (11) 2321-5080 – Fax (11) 2321-5099
www.novoseculo.com.br
atendimento@novoseculo.com.br

Capítulo 1

Uma observação *interessante*

Meu nome é Mia Vélaz-Cruz e odeio segundas-feiras. Eu sei, todo mundo diz isso, não é? Mas eu acho que tenho motivos muito fortes para odiá-las. Por exemplo, a cada quinze dias, vou para Manhattan ver meu pai. Meus pais são divorciados, e minha mãe se mudou para uma cidade nos arredores, a uma hora de distância. Gosto muito de morar com a minha mãe, mas fico com muita saudade do meu pai. Também sinto saudade de Manhattan e de todos os meus amigos que ficaram lá. Nos fins de semana em que visito meu pai, ele me leva de volta para a casa da minha mãe nos domingos à noite. Por isso, é estranho quando acordo na segunda e me dou conta de que não estou mais em Nova York. A cada quinze dias, acordo toda confusa, o que não é um bom jeito de começar uma segunda.

Outro motivo para eu não gostar de segundas--feiras é esse ser o primeiro dia da semana na escola, o que significa que haverá cinco dias de aula até que eu possa descansar – cinco dias de testes difíceis de Matemática da sra. Moore. Também tenho que esperar todo esse tempo para a Sexta do Cupcake, que é quando eu ou uma das minhas amigas leva cupcakes para comer no almoço. Foi assim que formamos o Clube do Cupcake. Mas daqui a pouco dou mais detalhes sobre isso.

Ultimamente, estive revendo o meu diário e percebi que, quando coisas chatas acontecem, geralmente ocorrem numa segunda-feira. Em maio, minha mãe me disse, em uma segunda à noite, que iríamos nos mudar de Nova York. Quando estraguei minhas botas novas de camurça por causa de uma tempestade repentina, era uma segunda. E, da última vez que perdi meu celular, era uma segunda. Mas quando eu o encontrei? Numa sexta-feira, é claro, porque sexta é uma dia incrível.

Aí, teve uma segunda-feira ruim algumas semanas atrás. Deveria ter sido uma boa segunda, uma *ótima* segunda, porque foi meu primeiro dia de aula depois de o Clube do Cupcake ter vencido o concurso. Lembram que eu falei do Clube do Cupcake? Estou no clube com minhas amigas Katie, Alexis e Emma. Ele foi formado desde que almoçamos juntas e, no primeiro dia de aula, Katie levou um cupcake maravilhoso de manteiga de amendoim com geleia, feito pela mãe dela. Katie também faz cupcakes maravilhosos. Ela e sua mãe nos ensinaram a fazê-los, por isso resolvemos formar o nosso próprio clube e fazê-los juntas. Divertido, né?

Pouco depois de termos formado o clube, a diretora LaCosta anunciou que haveria um concurso no dia do primeiro baile da escola. Haveria uma grande feira beneficente no estacionamento da escola, e o grupo que arrecadasse mais dinheiro ganharia um prêmio no baile. Não tínhamos planejado participar do evento, mas aí um outro grupo da nossa classe, o Clube das Meninas Populares, ficou dizendo para todo mundo que iria vencer. A líder do grupo, a Sydney, ficou se gabando de ter tido uma ideia "ultrassecreta" que deixaria todo mundo impressionado. Não éramos rivais nem nada, mas, depois que ficamos sabendo disso, resolvemos entrar no concurso também. Nossa ideia foi vender cupcakes decorados com as cores da escola (essa última parte da ideia foi minha).

O grande segredo do CMP acabou sendo uma barraca de repaginadas, o que teria sido uma ideia legal se elas fossem boas em mudar o visual das pessoas. Na verdade, foram péssimas nisso, mas nós nos demos muito bem com nossos cupcakes. Vendemos duzentos cupcakes e vencemos o concurso. Naquela noite, no baile, a diretora LaCosta nos deu nossos prêmios: quatro moletons da Escola Park Street. Sei que não é nada de mais, mas foi muito bom vencer. Na minha antiga escola, todo mundo era muito competitivo. Simplesmente, todo mundo fazia aulas de canto, arte, violino ou francês. Todo mundo era bom em alguma coisa. Era difícil se destacar, e eu nunca tinha ganhado um prêmio antes. Fiquei muito feliz por termos ganhado. Isso me fez pensar que talvez não tenha sido tão ruim assim a mudança para cá. Pouco antes de minha mãe chegar para me buscar na noite da nossa grande vitória, Alexis teve uma ideia.

– Deveríamos usar nossos moletons na escola na segunda – ela disse.

– Não estaríamos esfregando na cara dos outros? – perguntou Emma.

– Temos que fazer isso – disse Katie. – Os meninos do futebol usam suas camisetas depois que ganham um jogo. Nós vencemos e deveríamos ter orgulho disso.

– Sim, com certeza – concordei. Afinal, Katie tinha razão: tínhamos que nos orgulhar disso. Fazer duzentos cupcakes é muito trabalhoso!

Mas havia um problema: não gosto de moletons. Desculpem-me, mas, da última vez que usei um, eu tinha cinco anos e me fez parecer um pastel murcho. São desengonçados, e as mangas são sempre compridas demais.

Mesmo querendo mostrar que estávamos orgulhosas de ter vencido, eu também sabia que de jeito nenhum poderia usar aquele moletom na segunda. Eu me preocupo de verdade com o que visto, talvez porque minha mãe trabalhe em uma grande revista de moda. Por isso, a moda está no meu sangue. Dá para dizer muita coisa sobre uma pessoa pela roupa que ela veste, como o seu humor, por exemplo. E, para mim, um moletom diz apenas: "estou a fim de suar!". Conversei com minha mãe sobre a questão do moletom na volta para casa.

– Mia, estou surpresa com você – disse ela. – Você é ótima em transformar suas roupas velhas em criações novas e incríveis. Lembra o uniforme da sua antiga escola: você o deixou lindo, e era a sua cara. Se você fosse *obrigada* a usar um moletom, aposto que inventaria algo muito legal e bonito.

Sinceramente, minha mãe tinha razão, e eu fiquei surpresa por não ter pensado nisso antes. O uniforme da antiga escola era péssimo: saia xadrez feia com uma blusa branca que pinicava, mas era possível usar um blusão ou um casaco e quaisquer sapatos, então a gente podia ser bem criativa em relação a isso e não parecer horrível todo dia. Essa era a vantagem da nova escola: a gente podia usar o que quisesse. Inspirada, sentei na máquina de costura no dia seguinte e cortei o moletom. Transformei-o em uma bolsa muito legal, daquelas grandes com uma alça comprida. Acrescentei umas tachas legais na alça e em volta do logotipo da escola para dar uma incrementada. Fiquei muito orgulhosa de como ficou.

Na segunda de manhã, escolhi uma roupa para combinar com a bolsa: uma saia jeans, uma blusa de tricô azul com um cinto de couro marrom e um blazer com listras brancas e cinza-escuro. Dobrei as mangas do blazer, depois coloquei minha bolsa no ombro e me olhei no espelho comprido que havia no meu armário. *Azul demais*, resolvi. Troquei a saia azul por uma branca, depois troquei o cinto marrom por um cinto prateado trançado e voltei a me olhar no espelho. *Ficou melhor*, pensei. Prendi meu cabelo comprido preto em um rabo de cavalo. *Talvez uma faixa de cabelo... ou talvez uma trança lateral...*

– Mia! Você vai se atrasar para pegar o ônibus! – gritou minha mãe lá de baixo.

Suspirei. Estou quase sempre atrasada para pegar o ônibus, mesmo acordando cedo. Resolvi deixar o cabelo solto e desci correndo as escadas.

Pegar o ônibus para ir à escola é algo a que ainda preciso me acostumar. Quando ia à escola em Nova York, eu pegava o metrô. Muita gente não gosta do metrô porque é cheio, mas eu adoro. Todo mundo tem seu próprio estilo e as coisas de que gostam. Sempre há todo tipo de gente no metrô: idosos, mães com filhos pequenos, crianças como eu indo à escola, moradores das cidades vizinhas indo ao trabalho. Também no metrô ninguém cochicha sobre você pelas costas, como fazem no ônibus. Ninguém arrota alto, como Wes Kinney faz todo santo dia na volta da escola, o que é extremamente nojento.

A melhor coisa de pegar o ônibus, porém, é que minha amiga Katie vai junto comigo. Foi assim que nos conhecemos, no primeiro dia de aula. Sua melhor amiga ia pegá-lo com ela, mas acabou indo a pé, por isso pedi à Katie para se sentar comigo. Eu me senti mal por ela, mas foi bom para mim. Ela é muito legal.

Quando Katie subiu no ônibus naquela manhã, estava usando o moletom da Park Street com um jeans meio rasgado e seus tênis de lona azul preferidos. Seu cabelo castanho ondulado estava solto. Ela tem mechas mais claras naturais, como se fosse à praia todo dia. Se eu não conhecesse a Katie, teria achado que era da Califórnia.

– Oi! – disse Katie, sentando-se ao meu lado. Ela apontou para o seu moletom. – Ainda não consigo acreditar que vencemos!

– Nem eu – falei. – Mas fizemos uns cupcakes muito gostosos.

– É mesmo – Katie concordou. Aí, ela franziu a cara. – Você se esqueceu de usar seu moletom?

– Estou usando – eu disse a ela. Mostrei a bolsa. – O que acha?

– Não acredito! – falou Katie, pegando-a para ver melhor. – Sua mãe que fez?

– Eu que fiz – respondi.

– É incrível – Katie disse. – Não sabia que você costurava. Deve ser mais difícil do que fazer cupcakes.

Encolhi os ombros.

– Não sei. Só requer prática.

Arrouut! Wes Kinney soltou um grande arroto nessa hora. Seus amigos começaram a rir.

— Isso é tão nojento — Katie falou, balançando a cabeça.

— É mesmo — concordei.

Essa segunda-feira começou bem (exceto pelo fato de eu não ter usado a faixa na cabeça). Mas ficou chata bem rápido na sala de aula.

Nenhuma das minhas amigas do Clube do Cupcake estava na primeira aula, mas eu conhecia algumas pessoas. Tinha o George Martinez, que é meio bonitinho e muito engraçado. Ele também é meu colega na aula de Ciências e Estudos Sociais. Tinha a Sophie, de quem eu gostava muito, mas ela se sentava ao lado da melhor amiga, a Lucy, e nessa aula elas sempre estavam grudadas, cochichando entre si. Aí, tinha a Sydney Whitman e a Callie Wilson. Sydney foi quem fundou o Clube das Meninas Populares. Callie também era do clube e já foi a melhor amiga da Katie. Dá para ver o porquê, pois ela é legal como a Katie.

Katie, Alexis e Emma acham Sydney terrível, dizem que ela sempre faz comentários maldosos. Ela nunca chegou a dizer nada maldoso para mim e, sinceramente, eu gostava do jeito que ela se vestia. Ela se vestia bem, isso é algo que temos em comum. Hoje, por exemplo, ela estava usando uma camiseta com decote redondo, uma saia de chiffon florida, legging preta e um cinto muito legal com uma flor prateada na fivela. Por isso, às vezes eu achava, sabem, que talvez pudéssemos ser amigas. Não me levem a mal: as meninas do Clube do Cupcake são grandes amigas minhas, e eu as adoro, mas nenhuma delas gosta de moda como eu gosto.

Sydney e Callie estavam sentadas na fileira ao lado da minha. Callie sorriu para mim quando me sentei.

– Aqueles cupcakes que vocês fizeram no sábado estavam ótimos – falou Callie.

– Obrigada – eu disse.

Achei ter visto Sydney olhar feio para Callie, mas, quando se virou para mim, ela também estava sorrindo.

– Você usou um vestido muito *interessante* no baile, Mia – Sydney falou.

Hmm, eu não sabia o que ela queria dizer com "interessante". Eu tinha usado um minivestido com recortes em preto, roxo e azul-turquesa, um casaco de lantejoulas pretas e sapatilhas *peep toe* de couro pretas. Minha mãe disse que eu estava "perfeitamente chique".

– Obrigada.

– Muito... tapete vermelho talvez? – Sydney continuou. – Porém, estive lendo um artigo muito *interessante* na revista *Fashionista* sobre como escolher a roupa certa para a ocasião certa. Sabe, dizia que estar *bem-vestida demais* pode ser tão ruim quanto estar malvestida.

Eu sabia exatamente o que Sydney estava fazendo: estava me atacando, mas de um jeito "simpático", mais ou menos isso. Eu sabia que minha roupa podia ter sido sofisticada demais para um baile de escola, mas e daí? Eu gostei.

– Não existe coisa do tipo estar bem-vestida demais – respondi calmamente. – Foi o que a minha mãe me ensinou. Ela era editora da revista *Flair*.

Então, abri meu caderno e comecei a rabiscar. Geralmente não fico me gabando do emprego da minha mãe assim, mas não sabia o que dizer à Sydney.

– Uau! – disse Callie. – A *Flair*? Isso é tão legal! Não é legal? – falou, virando-se para Sydney, que pareceu não se interessar. – Lemos essa revista sempre na casa da Sydney. A mãe dela assina.

Sydney abriu seu livro de matemática e fingiu começar a ler.

– Você estava muito bonita! – disse Callie, como se estivesse tentando compensar a Sydney. Sinceramente, eu não dava a mínima se tinham gostado ou não. Achei que eu estava bem e que minha roupa me fez sentir ótima. Não fiquei brava com a Sydney – só aborrecida, o que não é um jeito fantástico de começar o dia. Mas o que dá para esperar de uma segunda-feira?

Capítulo 2

O dia do bolo de carne continua

A outra coisa típica de uma segunda-feira aconteceu na hora do almoço. Sentei à mesa com Katie, Alexis e Emma. Katie, como eu, sempre traz o almoço de casa, e Alexis e Emma sempre compram no refeitório.

Quando cheguei à mesa, Katie já estava comendo seu sanduíche. Abri minha nova bolsa e me dei conta de que tinha esquecido o almoço em casa.

– Isso é muito decepcionante – falei com um suspiro. Por sorte, sempre carrego um dinheiro comigo para o caso de uma emergência. Olhei para Katie. – Esqueci meu almoço em casa. Volto em um instante.

A boca da Katie estava cheia de manteiga de amendoim, por isso ela só respondeu com a cabeça. Fui até a fila e acabei atrás da Alexis e da Emma. Elas são melhores amigas uma da outra, mas são muito diferentes. Alexis tinha cabelo ruivo ondulado e gostava de falar muito. Emma era mais alta, com cabelo loiro e liso; seus olhos eram grandes e azuis. Ela era meio tímida e muito mais quieta que Alexis, mas ambas eram muito legais. Hoje elas estavam usando seus moletons da Park Street. Alexis usou o dela com uma saia jeans branca e uma faixa branca no cabelo, e Emma usou uma bonita legging jeans.

– Esqueci meu almoço em casa – falei para elas. – O que vai ter hoje?

– Segunda é dia de bolo de carne – disse Alexis. – Com purê de batatas e vagem.

– Ah – respondi. Não sou muito fã de bolo de carne. É claro que segunda tinha que ser o dia do bolo de carne.

– Não é ruim – falou Emma, reparando na minha cara. – Você pode trocar por uma salada se quiser.

Isso me alegrou.

– É certo que vou de salada!

– Então, você se esqueceu de usar seu moletom? – perguntou Alexis.

– Não – respondi, mostrando minha bolsa. – Eu o transformei, mas ainda estou usando, está vendo?

Eu não estava esperando a reação da Alexis.

– Você o recortou?

Ela parecia meio chateada.

– Bem, eu tive que cortar para fazer a bolsa – expliquei.

Alexis fechou a cara.

– É que achei que iríamos usar todas juntas, como um time – ela falou.

– Ah! – eu disse, porque não sabia o que dizer. Será que estava brava comigo?

– Mas é uma bolsa legal – falou Emma, olhando para Alexis.

– Obrigada – respondi. – E somos um time, sim, é que eu não gosto de moletons. É difícil ficar bonita usando um moletom, sabem? São tão largos e desengonçados.

Assim que as palavras saíram, eu me senti mal.

– Quero dizer, vocês estão ótimas, só não gosto do jeito que eu fico – falei rapidamente.

Alexis se virou.

– Hora de fazer o pedido.

Eu me senti muito mal enquanto pegava a salada no balcão. Nós três ficamos em silêncio ao voltar para a mesa.

– Estava me sentindo tão sozinha! – disse Katie, de um jeito dramático e engraçado. – Ainda bem que vocês chegaram! Ei, vocês viram a bolsa da Mia? Não é legal? Quem sabe você faz uma para mim também. Sinto calor com esse moletom!

E aí, tudo ficou bem, simples assim. Katie é desse jeito: tão meiga e engraçada, é difícil ficar de mau humor ao lado dela.

Mas eu ainda estava me sentindo mal pelo que havia dito, e uma parte de mim gostaria que Alexis, sabem, me compreendesse, como a minha melhor amiga, Ava, que mora em Manhattan. Tudo o que eu tinha a dizer era a palavra "moletom", e ela saberia do que estava falando: pastel murcho.

Acho que esse é o maior problema aqui na Escola Park Street. Sinto que ninguém me entende – pelo menos não como Ava me entende. O Clube do Cupcake é ótimo, mas Ava me conhece desde a primeira série. Ela sabe tudo sobre mim. Tento não pensar muito nisso, mas às vezes me sinto sozinha.

O caos da segunda-feira continuou depois da aula. Quando cheguei à minha casa, meus cachorros, o Tiki e o Milkshake, correram para me receber como sempre. São cãezinhos pequenos, peludos e brancos, com narizes pretos; acho que são totalmente fofos. Depois de fazer carinho nos dois, fui até o escritório da minha mãe para conversar com ela. Minha mãe está começando seu próprio negócio de consultoria de moda, por isso trabalha em casa, o que é bom. Agora, vejo-a com muito mais frequência. Mas minha mãe não estava lá. Aí ouvi a voz do Eddie atrás de mim.

– Lamento, Mia. Sua mãe teve que ir a Nova York para uma reunião. Ela vai chegar tarde em casa – disse.

Eddie é o meu futuro padrasto. Minha mãe e eu moramos com ele e meu futuro meio-irmão, o Dan.

Eddie é um advogado cuja firma fica na cidade vizinha. Quando minha mãe largou o emprego para começar sua empresa de consultoria, Eddie a pediu em casamento. Eles vão se casar na primavera.

– Muito tarde? – perguntei.

– Não sei – ele respondeu. – Mas tenho boas notícias! Vou fazer o jantar hoje. Você está com sorte. Vou fazer meu bolo de carne misterioso!

Parecia que eu não ia escapar do bolo de carne, por mais que me esforçasse.

– Por que é um bolo de carne *misterioso*? – perguntei.

– Porque a receita é muito misteriosa – disse Eddie, com uma falsa voz de mistério. Aí ele fez barulhos fantasmagóricos. – Uhhhh! Muahahahaha!

Eddie está sempre tentando me fazer rir. Às vezes, rio, mas não é fácil. De vez em quando, suas piadas são péssimas.

– Me avise quando for hora de arrumar a mesa – falei.

Subi as escadas até o meu quarto, e Milkshake e Tiki me seguiram. Antes de a minha mãe e eu morarmos com Eddie e Dan, o quarto era para ser de hóspedes, mas estava, em grande parte, cheio de caixas com coisas de quando o Dan era criança. Tinha um papel de parede florido estranho, como os que a gente encontra em casa de velhinha. Eddie vive dizendo que vai pintar, mas está sempre ocupado; minha mãe também. Em meio à preparação para o casamento e o começo de seu novo negócio, ela não tem muito tempo de sobra.

Por isso, por enquanto, tenho que ficar no quarto com o papel de parede estranho. Meu quarto no apartamento do meu pai é mais a minha cara. O tema da decoração é Parisiense Chique. As paredes são pintadas de rosa antigo com detalhes em preto e branco. Minha cabeceira é enfeitada com flores de ferro, e minha roupa de cama e travesseiros tinham uma estampa legal em preto e branco. Tenho uma penteadeira branca muito bonita, onde posso guardar todos os produtos de cabelo e sentar para arrumá-lo de manhã. Um dia, vou poder colocar maquiagem ali... se minha mãe deixar eu usar outra coisa além de *gloss*.

Neste quarto, a cama tem uma colcha verde, e as cortinas são azuis, e não se combinam. Minha colcha antiga não serve, porque esta cama é grande – cama de casal –, o que é legal, mas a colcha é feia. Não tem penteadeira, mas tem um armário de madeira antigo, que é *marrom*, uma mesa para o meu computador e uma mesinha para a minha máquina de costura no canto. A mesa da máquina de costura é o único móvel do antigo apartamento da minha mãe. Como tudo era muito maior na casa do Eddie, minha mãe disse que era a oportunidade perfeita para nos livrarmos dos móveis velhos e renovarmos meu quarto – coisa que ela promete fazer em breve. Mas até que isso aconteça, tenho coberto o papel de parede com recortes que retiro das minhas revistas preferidas. Não é lá essas coisas, mas, pelo menos, cobre a maioria daquelas flores feias.

A única coisa boa do quarto é o armário: três vezes maior do que o meu armário de Nova York, o que é bom, porque a maioria das minhas roupas fica nesta casa mesmo. A decoração do meu quarto não é a única coisa de que não gosto. A outra coisa ruim é que fica ao lado do quarto do Dan, e ele ama *heavy metal*: do tipo alto, em que o vocalista grita como se houvesse um incêndio ou coisa do tipo. Ele ouve isso o tempo todo.

Agora, por exemplo, a música alta (se é que dá para chamar de música) estava berrando pela porta do Dan, fazendo as paredes e o chão tremerem. Tudo o que eu queria era ligar para Ava, mas nem conseguiria escutá-la do outro lado da linha. Bati na porta do Dan.

– Dan, dá para baixar o volume, por favor?

Foi inútil. Ele não conseguia me ouvir. Por isso, fui até o meu quarto, sentei na cama e coloquei meus fones de ouvido. Apertei o "play" no meu iPod, e uma música do meu cantor preferido encheu meus ouvidos – mas juro que ainda podia sentir as paredes tremendo. Tiki e o Milkshake se aconchegaram na cama roxa para cachorro, que eu deixava no meu quarto. Aí, troquei mensagens com Ava.

```
MiaMara: Saudades! Como tá indo a sua segunda?

Avaroni: Nada bem. Sabe as botas que comprei na
semana passada? O salto se soltou na escola! Qua-
se caí.

MiaMara: Ah, não! Vc tá bem?
```

Avaroni: :(Odeio segundas!

MiaMara: Eu tb!

Avaroni: Ei, tenho que ir. Eu e a Delia vamos a uma exposição no museu.

MiaMara: Que inveja!

Avaroni: Até mais.

MiaMara: A gente se fala depois. Tchau.

Desliguei o telefone com uma careta. Eu estava feliz pela Ava, mas também com inveja. Se ainda estivéssemos morando em Manhattan, eu estaria indo àquela exposição. Eu nem sabia quem era a Delia. Acho que Ava me disse que a conheceu na aula de francês ou coisa assim. Então... nada da minha mãe, nada da Ava. E havia um bolo de carne misterioso num futuro próximo. Mal podia esperar que a segunda-feira acabasse.

Tirei meus sapatos e procurei o meu caderno de desenhos, que encontrei embaixo de uma almofada no pé da minha cama. Abri e comecei a rabiscar uma ideia para um vestido em que estive pensando. Enquanto eu passava o lápis na folha, não reparei nas paredes tremendo nem no cheiro do bolo de carne misterioso subindo pelas escadas. É sempre assim quando desenho: o mundo inteiro desaparece – e é uma sensação boa, principalmente numa segunda-feira.

Capítulo 3

Abrimos o nosso negócio!

Só para constar, devo dizer que o "bolo de carne misterioso" tem esse nome provavelmente porque é um mistério que alguém queira comê-lo. Mas eu não queria magoar o Eddie, por isso não lhe disse nada. Em vez disso, consegui dar a maioria para Tiki e Milkshake, que sempre ficam embaixo da mesa enquanto comemos, esperando por alguns petiscos. Felizmente, foi a última coisa chata que aconteceu na segunda. É claro que o dia seguinte, terça, foi muito melhor.

Para começar, embora minha mãe tenha chegado tarde em casa, ela embrulhou um almoço para mim e, dessa vez, eu não o esqueci em casa. Ela fez meu prato preferido: um *wrap* de peru e queijo brie com uvas vermelhas como acompanhamento. Humm!

Enquanto estávamos almoçando, Alexis começou a falar sobre o evento beneficente da escola. As pessoas ainda estavam comentando.

– Vocês não vão acreditar no que acabou de acontecer na aula de francês – disse ela, enfiando o garfo no macarrão. – Antes da aula, a *Mademoiselle* Girard chegou para mim e me parabenizou pela vitória do Clube do Cupcake. Sydney estava bem ali do lado e me lançou um olhar *muito* nojento!

– Eu me sinto meio mal por elas – falou Katie. – Sei que se esforçaram muito para fazer aquela barraca de repaginadas.

– É uma pena que as repaginadas tenham sido tão péssimas – acrescentei. – Lembram quando Sophie nos mostrou o que a Bella tinha feito com ela? Ela tinha tanta maquiagem branca que parecia um palhaço.

A Alexis encolheu os ombros.

– Bom, acho que o problema delas foi não terem feito os cálculos antes. Cada repaginada deve ter custado cinco dólares se contarem toda a maquiagem que compraram, mas levaram vinte minutos para terminar. Isso dá apenas quinze dólares por hora. Mas os nossos cupcakes custavam dois dólares cada um e pudemos vender um a cada minuto. Façam as contas.

– Tenho mesmo que fazer? – Katie resmungou.

Nunca conheci alguém que adorasse os números como Alexis. Talvez fosse por seus pais serem contadores. Na verdade, de certa forma, é algo que temos em comum. Minha mãe trabalha com moda, e eu adoro moda. Fiquei pensando se seria como a Alexis se a minha mãe fosse uma contadora...

– Espero que as meninas do CMP não estejam mal – disse Katie, e eu sabia que ela estava pensando na Callie. – Pelo menos, elas tentaram.

Enquanto conversávamos, a srta. Biddle veio até a nossa mesa. Ela dava aula de Ciências, e todas nós achávamos que ela era a melhor professora. Era muito divertida e tinha um cabelo loiro muito legal, que ela deixava espetado com gel. Todo dia ela usava uma camiseta de Ciências diferente. Estão vendo? Suas roupas me diziam que ela gostava de Ciências! Hoje ela estava usando uma camiseta com elementos da tabela periódica.

– Olá – ela disse. – As jovens empreendedoras podem conversar comigo por um instante?

Sei o que "empreendedora" significa porque minha mãe é uma. É uma pessoa que abre o seu próprio negócio.

– Claro – Katie falou.

A srta. Biddle sentou-se numa cadeira vazia na ponta da mesa.

– No próximo sábado, não neste, mas no outro, vou dar um chá de fraldas para minha irmã. Ela adora cupcakes, e eu nunca fiz um na minha vida que não tenha ficado queimado ou seco como uma torrada. Por isso, gostaria de saber se o Clube do Cupcake quer fazer o trabalho.

– Adoraríamos! – respondeu Katie rapidamente. – Quero dizer, se todo mundo concordar...

– Fazer cupcakes não é como Química? – perguntou Alexis. – Pensei que você seria boa nisso.

– Tem razão – admitiu a srta. Biddle. – Fazer bolos tem muito a ver com Ciências. Morro de vergonha. Posso fazer qualquer coisa em um laboratório, mas é só me colocar numa cozinha que perco todo o encanto.

– É certo que temos que fazer – falei.

– Também acho – acrescentou Emma.

Alexis retirou um caderninho de sua mochila.

– Poderia nos dar os detalhes? Hora? Local? Número de cupcakes?

A srta. Biddle deu o endereço para Alexis.

– Acho que quatro dúzias devem ser suficientes. Quanto vocês cobrariam?

– Nosso preço normal é dois dólares – respondeu Alexis. – Mas você pode ganhar o desconto dos professores. Fica a metade do preço, a um dólar cada.

– Perfeito! – disse a srta. Biddle com um sorriso. Ela se levantou.

– Mais uma coisa – eu falei. Alexis é boa com os números, mas ela se esqueceu do detalhe mais importante de todos. – Que tipo de cupcake você quer? E vai querer cores especiais?

– Ainda não sabemos se é menino ou menina, por isso a decoração vai ser amarela e verde. Acho que os cupcakes devem combinar com ela – falou a srta. Biddle. – Mas podem fazer do sabor que quiserem, contanto que sejam deliciosos.

– E serão! – prometeu Katie. – Muito obrigada.

Depois que a srta. Biddle foi embora, Katie soltou um gritinho de alegria.

– É maravilhoso! – disse ela. – Nosso primeiro trabalho pago!

– Não se esqueça de que vamos fazer para o almoço da Associação de Pais e Mestres na primavera também – acrescentou Emma.

– Será bom para treinar – observei.

– Espero que não tenham se importado por eu ter oferecido o desconto dos professores – disse Alexis. – Achei que atrairia mais clientes.

– Não, foi uma boa ideia – Katie lhe falou.

– E é uma coisa boa para se fazer pelos professores – completou Emma.

Alexis estava batendo o lápis no caderninho.

– Temos que obter um bom lucro. Ainda estou calculando os custos de cada cupcake. Nossos pais doaram os ingredientes para o evento beneficente, mas teremos que começar a pagar dos nossos bolsos agora.

– Como vamos comprar os ingredientes se não temos dinheiro para começar? – Emma perguntou.

– Talvez minha mãe possa nos emprestar – sugeriu Katie. Ela sempre tem boas ideias para resolver problemas. – Depois, podemos devolver o dinheiro quando a srta. Biddle nos pagar.

– Pode ser – concordou Alexis.

Fiquei pensando no que Alexis tinha falado sobre lucro. Eu estava empolgada, porque fazer cupcakes é divertido, mas a ideia de ganhar um dinheiro extra era muito legal. Eu finalmente poderia comprar aquela calça jeans incrível que minha mãe disse ser cara demais.

– Então, o que faremos com os nossos lucros? – perguntei, pensando naquela calça, que ficaria muito bem com minha camiseta preferida.

– Provavelmente teremos que economizar para fazer mais cupcakes, e depois dividir o resto – respondeu Alexis. – Mas temos que conversar sobre isso.

– Podemos fazer uma reunião amanhã? – Katie perguntou.

– Boa ideia – falei. – Quem sabe a gente se encontra na praça de alimentação do shopping. Depois podemos olhar as vitrines.

Eu sempre arranjo um pretexto para ir ao shopping: faz a vida na cidade pequena ficar mais suportável. Mas Alexis torceu o nariz.

– A praça de alimentação é barulhenta demais para uma reunião, não acha?

– Por que não nos encontramos na minha casa? Não nos reunimos lá há um bom tempo – falou Emma.

Alexis revirou os olhos.

– Seu irmão menor é *muito* mais barulhento que o shopping.

– Não, vamos para a casa da Emma! – disse Katie.

Fiquei decepcionada por não irmos ao shopping, mas eu era minoria.

– Legal – eu disse.

Katie se virou para mim.

– A Joanne vai me buscar amanhã. Vou perguntar para minha mãe se ela pode nos levar até a casa da Emma.

– Pode ser – falei. Eu estava bem empolgada em relação a tudo.

O Clube do Cupcake torna a vida aqui mais fácil.

Capítulo 4

A casa da Emma

No dia seguinte, depois da aula, encontrei Katie na porta da escola. A Escola Park Street é um grande prédio de concreto com duas quadras esportivas nos fundos, uma pracinha de um lado e árvores do outro. Há um acesso grande e circular na frente, onde os ônibus ficam enfileirados. Se alguém vai buscar a gente de carro, é preciso ir até a calçada.

– Acho que estou vendo Joanne – disse Katie, apontando para um carro vermelho e brilhoso.

A mãe da Katie é dentista, e Joanne trabalha no consultório dela. Quase todos os dias, Joanne busca Katie na escola e a leva ao consultório para esperar a sra. Brown sair do trabalho. A mãe da Katie é muito legal, mas também é superprotetora.

– Estou tão contente que temos uma reunião hoje – Katie me falou enquanto caminhávamos. – Senão, eu ficaria presa num consultório de dentista.

– Parece chato mesmo – admiti.

– É, sim – disse Katie. – Mas sabe o que mais odeio? O cheiro do consultório. Acho que nunca vou me acostumar com ele.

– Sei como é – falei. – Toda vez que sinto esse cheiro, lembro da vez que fiz uma obturação. Doeu demais!

– Você tem que ir na minha mãe – Katie disse. – Todos os pacientes dizem que dói pouquíssimo quando ela os trata. Mas você terá que ouvir o sermão dela sobre a importância do fio dental: isso, sim, é doloroso.

Joanne esticou a cabeça para fora da janela do carro quando nos viu.

– Oi, meninas! Como vocês estão hoje?

– Bem – respondemos eu e Katie ao mesmo tempo.

Entramos juntas no banco de trás. O carro da Joanne é bem descolado, e ela sempre toca músicas legais. É muito melhor do que pegar o ônibus.

– O que vai ter na casa da Emma hoje? – perguntou Joanne.

– Uma reunião do Clube do Cupcake – respondeu Katie. – Fomos contratadas pela srta. Biddle para fazer cupcakes.

– Essa aí é a professora de Ciências legal de que você me falou? – Joanne indagou.

Katie fez que sim.

– Sim, ela é muito legal.

Joanne soltou um suspiro.

– Queria eu poder ir a uma reunião sobre cupcakes. Em vez disso, tenho que voltar ao consultório e tentar explicar ao sr. Michaels por que não se deve colocar a dentadura na lavadora de louças.

Eu e Katie rimos. Aí Joanne parou na frente da casa da Emma.

– Divirtam-se – ela disse. – Katie, sua mãe virá buscá-la quando estiver voltando para casa.

Katie e eu agradecemos à Joanne e fomos até a entrada da casa. Emma mora em uma casa branca de dois andares e ao redor dela há um alpendre. É uma casa muito bonita, exceto pela grande pilha de equipamentos esportivos que fica no acesso à garagem. Havia tacos, luvas e bolas de basquete e até um bastão de lacrosse. Também havia uma cesta de basquete ali, e os dois irmãos mais velhos da Emma, Matt e Sam, estavam praticando arremessos com seus amigos. A bola quicou na calçada até nós, e o Sam, que está no primeiro ano do ensino médio, correu para pegá-la. Ele parou quando me viu.

– Ei, você não é a irmã mais nova do Dan?

– Vou ser *meia*-irmã – respondi. Katie me olhou de um jeito estranho, mas eu não era irmã do Dan, muito menos irmã *de verdade*. Não sei, é muito confuso. Era mais simples quando eu era filha única.

– Ei, Sam! Aqui! – gritou um dos meninos.

Sam saiu correndo sem dizer mais nada. Então, Emma abriu a porta.

– Entrem. Alexis organizou para ficarmos na cozinha – disse ela sorrindo.

Passamos pela sala de estar, cuidando para não pisar em uma cidade gigante de blocos cercada por dinossauros de plástico. O irmão mais novo da Emma, Jake, estava parado na frente da TV, assistindo a um desenho. Acho ele totalmente fofo. Emma desligou a TV.

– Jake, venha até a cozinha conosco.

Ele fez uma careta.

– Quero ver TV.

O Jake é muito fofo – quando não está chorando ou resmungando. Emma disse que isso acontece com frequência, mas uma hora ele vai parar de fazer isso. Ela olhou para nós como quem pede desculpas.

– Minha mãe está no trabalho – ela explicou. – Ela vai voltar logo. Eu disse que não me importava de cuidar dele, pois não vamos fazer cupcakes hoje. Ele vai ser bonzinho.

– Quero ver TV! – Jake exigiu.

Emma pegou a mão dele.

– Mais tarde, Jake. Agora vamos colorir.

Isso pareceu contentá-lo. Emma nos levou até a cozinha, onde Alexis havia distribuído alguns papéis sobre a mesa.

– Oi – ela disse. – Calculei os custos para fazer cada cupcake se usarmos ingredientes básicos. Precisamos pensar no que vamos fazer se precisarmos de outras coisas.

Essa é a Alexis. Ela adora ir direto ao assunto. Sentamos à mesa, e Emma sentou-se ao lado do Jake. Ela lhe deu uma banana e abriu o livro de colorir com dinossauros.

– Fiquei pensando nisso – disse Katie. – A srta. Biddle falou que a decoração vai ser amarela e verde. Por isso, o sabor do cupcake podia meio que combinar. Sabe, como um cupcake de banana ou limão.

Olhei para o Jake. Ele estava todo babado de banana. Naquele momento, a ideia de comer um cupcake de banana não parecia muito apetitosa.

– Que tal limão? – perguntei. – Limão é bom.

Alexis começou a escrever no seu caderno.

– Vou precisar ver o preço dos limões e acrescentar isso aos nossos custos. De quantos vamos precisar, Katie?

Katie encolheu os ombros.

– Tenho que olhar a receita.

– E quanto à cobertura? – perguntou Alexis. – Será que fazemos a cobertura em verde e amarelo também?

– Não tenho certeza quanto ao verde – disse Katie, pensativa. – É uma cor divertida para a Páscoa ou para fazer cupcakes de monstros, mas talvez não seja boa para um chá de fraldas.

– O amarelo é bonito – falou Emma.

Jake puxou a blusa dela.

– Pinte comigo!

– Desculpem por ele ser tão barulhento – disse Emma, pegando um lápis de cor para colorir com o irmão.

– Ei, ele é mais silencioso que o Dan, que tem dezesseis anos – falei.

– Obrigada – Emma falou sorrindo. – Às vezes, me sinto como um alienígena perto desses meninos, sempre deslocada...

– Nem me fale – eu disse. – Morar com meninos é difícil!

Katie encolheu os ombros; ela era filha única. E Alexis tinha uma irmã mais velha que possuía roupas muito legais, então isso devia ser bom para ela.

– Não é fácil – falou Emma. Ela sorriu para mim. Talvez pudesse me ajudar a lidar com o Dan.

– Então, procurei chá de fraldas no Google na noite passada – eu disse, retirando figuras da minha mochila. – Imprimi algumas figuras.

Coloquei a minha foto preferida na mesa. Era um chá de fraldas verde e amarelo. Tudo estava arrumado em uma mesa branca salpicada com flores amarelas de verdade. Não havia cupcakes, mas, no meio, havia um bolo enfeitado com flores amarelas e folhas verdes.

– Uh, é tão lindo! – disse Emma, e Alexis e Katie concordaram com a cabeça.

– Então, quem sabe usamos uma cobertura branca e enfeitamos com flores e folhas em cima – sugeri.

Katie olhou a foto de perto.

– Uma cobertura de cream cheese vai bem com limão, mas como faríamos as flores?

– Dei uma pesquisada – falei. Os enfeites dos cupcakes eram a minha parte preferida. – Existem muitos sites maravilhosos que vendem enfeites para cupcakes. Vi algumas formas lindas para flores. A gente derrete o chocolate e deixa da cor que quiser, aí faz uma florzinha doce, ou poderíamos fazer flores com açúcar colorido. Ficariam lindas.

Jake largou seu lápis de cor.

– Eu quero um cupcake! – gritou. Emma o ignorou e continuou colorindo.

– Mia, você pode ficar encarregada das flores – disse Alexis. – E Katie, você poderia comprar os ingredientes? Sua mãe vai nos emprestar o dinheiro, não é?

Katie fez que sim.

– Ela disse que não tem problema, que também podemos fazê-los na nossa casa, se quisermos. É provável que tenhamos que fazê-los na próxima sexta à noite, para que estejam fresquinhos no sábado.

– Se quiserem, desta vez podemos fazê-los na minha casa – sugeri. – Temos um daqueles fornos duplos na nossa cozinha. Talvez quatro formas de cupcakes caibam de uma vez só. Aí levaremos menos tempo.

– Legal! – disse Katie.

– Mia, você vai ficar em casa na sexta que vem ou vai estar na casa de seu pai? – perguntou Alexis.

– Vou para a casa do meu pai neste fim de semana – respondi –, por isso na próxima estarei aqui.

Fiquei pensando, mas era isso mesmo. Às vezes, nem eu mesma conseguia me lembrar da minha agenda.

Katie ficou com uma cara estranha, que ela faz sempre quando falo que vou ver meu pai. Sei que os pais dela são divorciados, porque Alexis me contou uma vez. Katie nunca vê o pai dela, mas não sei por quê. Quando fiquei sabendo, tentei imaginar como seria se não pudesse ver meu pai a cada quinze dias: eu ficaria muito magoada.

– Então parece que está tudo planejado – falou Alexis, escrevendo mais um pouco no caderno.

Aí, um pedaço melecado de banana voou no ar e caiu bem em cima da folha do caderno!

– Jake! – Emma repreendeu.

– Desculpa, Lexi – desculpou-se o Jake. – É escorregadio!

Todas riram, até Alexis. Falei que esse menino era bonitinho!

Capítulo 5

Uma surpresa no shopping

Ficamos na casa da Emma por um tempo brincando de dinossauros com o Jake. Então, recebi uma mensagem da minha mãe.

Chego aí em 5 min. Está pronta para sair?

Respondi com outra mensagem.

Tô sempre pronta.

Sempre que possível, minha mãe e eu saímos para jantar, só nós *duas*. Eddie e Dan não podem vir junto. Hoje, minha mãe sugeriu ir ao *shopping* e jantar no restaurante italiano que tem lá. É claro que aceitei de cara.

Minha mãe mandou mensagem quando chegou lá na frente; então, me despedi da Emma, da Katie e da Alexis. Depois, corri e me sentei no banco do passageiro.

– Que cheiro bom – falei.

– Perfume novo – disse minha mãe. – Um dos meus clientes me deu. Chama-se Mistério Azul. O que acha?

– O cheiro é melhor do que o bolo de carne misterioso do Eddie – respondi.

– Ah, não. Ele fez de novo na segunda à noite?

Fiz que sim com a cabeça.

– Então você merece mesmo jantar fora hoje – falou minha mãe. – Tadinha!

Às vezes, não consigo entender minha mãe. Ela concorda comigo sobre o fato de a comida do Eddie às vezes ser horrível, assim como as piadas dele. Mas ela quer se casar com ele mesmo assim. *Por quê?* Afinal, ela podia ter ficado com meu pai, que conta piadas engraçadas e faz um ótimo frango com molho de tomate.

Quando chegamos ao Shopping Westgrove, minha mãe olhou para o relógio.

– Temos uma hora até o jantar – disse. – Estava pensando em dar uma passada na loja de velas antes.

– Sério? – perguntei. – Mãe, você tem todos os sabores de vela que eles fabricam.

– Você quis dizer aroma, não sabor – corrigiu minha mãe. – E está errada. Acabaram de lançar a coleção Jasmim da Meia-Noite.

Soltei um suspiro.

– Temos mesmo que ir? Aqueles *aromas* me deixam tonta.

– Aquela loja de roupas de que você gosta não fica perto? – perguntou minha mãe. – Por que não vai lá e depois te encontro?

– Sim! – festejei.

Subi pela escada rolante até o segundo andar. Katie diz que o shopping é como um grande labirinto, mas não levei muito tempo para descobrir como andar por lá. Minha loja de roupas preferida, a Icon, ficava a três portas de distância da loja de velas, entre a loja de cerâmica japonesa e a que vende roupas para skatistas.

Minha mãe me deixou na porta e entrei. Antes que pudesse dar uma olhada, ouvi uma voz conhecida.

– Nossa, nossa, nossa, essa blusa é tããããoo bonita!

Era Maggie Rodriguez, uma das meninas do Clube das Meninas Populares. Eu não a conhecia muito bem, mas era fácil de ver que ela tinha *muita* energia. Estava sempre se apressando pelos corredores, atrasada para as aulas, e o cabelo castanho e crespo estava sempre caindo na cara. Ela estava segurando um blusão bem bonito. Era vermelho, não um vermelho vivo, mas um pouco mais escuro, o que era muito legal. Havia desenhos brancos nele, por isso parecia um blusão de inverno, mas não era grande e volumoso como um moletom. E também tinha um zíper legal na frente.

Ela estava mostrando o blusão para a Bella, outra menina do CMP. Bella gostava desse negócio de vampiro. Acho que ela passa chapinha no cabelo avermelhado e usa maquiagem pálida na pele e muitas cores escuras. Katie me contou que o nome dela era Brenda, mas ela mudou para Bella, como a menina daquele filme de vampiro. Acho que fez uma boa escolha: Bella é um nome bonito. Fui até elas.

– Ei, que blusão bonito – falei.

Maggie se virou.

– Não é? Nem acredito que já estão vendendo roupas de inverno. Nem comecei a planejar meu guarda-roupa de inverno ainda. Isso é terrível! Preciso começar, tipo, agora!

Callie saiu de trás de uma arara.

– Calma, Maggie. Tem muito tempo ainda – disse ela com um sorriso.

Agora já podia ver que Sydney estava perto, dando uma olhada nas calças jeans empilhadas perto da parede. Era difícil não notá-la: ela era alta, com cabelo loiro perfeitamente liso e brilhoso e dentes tão retos e brancos que ela poderia estrelar um comercial de pasta de dente. Ela também deve ter me visto, mas não disse nada até então.

– Onde você achou o blusão? – perguntei à Maggie. – Isso combinaria com um jeans que estou louca para comprar.

– Bem aqui – disse Maggie, indo para o outro lado. Eu a segui, Bella e Callie acompanharam.

– Tem em preto? – perguntou Bella.

– Acho que sim – Maggie falou.

Tirei um dos blusões da arara e o coloquei contra meu corpo.

– É tão bonito – falei. – Na semana passada, vi um editorial na *Estilo Teen* que mostrava vários blusões como este. É uma peça essencial para o inverno. Mostraram como usá-lo de vários jeitos, até com saias leves. É mesmo incrível.

– Eu também vi – era Sydney –, com grandes botas peludas, né?

Fiz que sim.

– Isso, esse aí!

– Parecia ótimo! – disse Sydney. – Só que as botas peludas pareciam tipo um grande gorila.

Eu ri.

– Totalmente!

Maggie tirou seu smartphone e começou a procurar freneticamente o artigo online.

– Que coisa! Ninguém nunca me conta nada!

– Eu vi umas saias com babados lá atrás – disse Callie.

– Obrigada – falei. – Vou dar uma olhada.

Peguei o blusão e fui até o fundo da loja para achar uma saia que combinasse. Maggie começou a surtar.

– Uau, essa é muito bonitinha! Você tem que experimentar!

Não discuti. Fui até o provador e comecei a experimentar o modelito. Enquanto fechava o zíper do blusão, eu me dei conta: estava me divertindo, e com o Clube das Meninas Populares!

Lá em Manhattan, Ava e eu sempre íamos às lojas e experimentávamos as roupas. Nem sempre comprávamos, mas era divertido experimentar estilos diferentes. Às vezes, entrávamos em lojas bem chiques em busca de inspiração. Olhávamos as vitrines e víamos o que os diferentes estilistas estavam fazendo para cada estação. Depois, íamos para casa e tentávamos pensar em como criar o mesmo visual com o que já tínhamos. Algumas coisas que inventávamos eram muito doidas e ridículas, mas, às vezes, criávamos coisas muito legais.

Saí do provador com o modelito.

– O que acham? – perguntei.

– Gostei bastante – falou Callie.

– Parece com o visual da revista – disse Sydney. – Sem o gorila.

Bella concordou.

– Parece com o visual da revista – ela repetiu.

Foi aí que minha mãe entrou, carregando uma sacola da loja de velas.

– Legal o modelito – ela falou.

– Mãe, estas são Callie, Sydney, Maggie e Bella – eu disse.

– Prazer em conhecê-las – falou minha mãe.

Maggie correu até a sacola da minha mãe e começou a cheirar.

– Essa aí é a nova coleção Jasmim da Meia-Noite? Estava louca para sentir o cheiro.

– É melhor eu me trocar – falei. – Mãe, esse modelito não é *perfeito* para o inverno?

Tudo bem, eu estava jogando muito verde; minha mãe nem sempre cede, mas não custava tentar.

– Hum, vi algo parecido recentemente em um desfile do Damien Francis – disse minha mãe. – Acho que posso conseguir umas amostras dele. Ele tem uma dívida comigo. Quem sabe ele tem o seu tamanho? – ela disse com uma piscadinha.

Na indústria da moda, os estilistas fazem amostras das suas roupas para apresentarem aos compradores das grandes lojas que querem comprá-las. Às vezes, eles as vendem em coisas chamadas bazar de amostras e, às vezes, dão para amigos – como minha mãe. Tudo bem, não era um sim definitivo sobre a roupa, mas aceitei assim mesmo!

– Não brinca. Você conhece Damien Francis? – perguntou Maggie.

– Ele é um velho amigo meu. Trabalhei muito com ele – minha mãe respondeu.

– Isso é tãão legal! – Maggie soltou.

– Quando você trabalhava na *Flair*? – perguntou Callie. Fiquei meio surpresa de ela ter se lembrado.

– É – disse minha mãe. – Mas ainda trabalho bastante com ele agora que sou uma *stylist*.

Sydney não disse nada, mas dava para ver pela cara dela que estava impressionada. Eu também estava. Às vezes, eu esqueço que minha mãe conhece estilistas famosos.

– Tudo bem, Mia – minha mãe disse. – Hora do jantar.

Troquei minha roupa rapidamente. Quando saí, as meninas do CMP ainda estavam olhando as roupas.

– Até mais – falei, acenando para elas.

Minha mãe e eu fomos embora, e senti uma culpa pequenina por ter me divertido com a Sydney e as meninas do CMP. Eu sabia que a Katie, a Alexis e talvez até a Emma achariam estranho, mas por que seria um problema? Eu podia ser amiga de qualquer pessoa que quisesse, *não podia*? Era tudo muito confuso.

Capítulo 6

É igual, só que diferente

No dia seguinte, durante o almoço, não contei para Katie, Alexis e Emma que tinha encontrado as meninas do CMP no shopping. Eu não estava escondendo nada, só não queria dar importância àquilo. Fora isso, a quinta e a sexta passaram muito devagar, talvez porque sabia que iria ver meu pai na sexta. Mal podia esperar e, quando fico muito empolgada com alguma coisa, parece que leva uma eternidade para acontecer.

Minha mãe me buscou na escola e me levou até a estação de trem. Ela sempre insiste em estacionar o carro e esperar comigo na plataforma até o trem chegar.

– Mãe, eu sei como entrar num trem – falei. Eu sempre dizia a mesma coisa.

– Claro que sabe – respondeu minha mãe –, mas sou sua mãe e posso ficar com você se quiser. É um dos meus direitos.

Com grande barulho, o enorme trem prateado parou na nossa frente. Peguei minha mala de mão roxa, e minha mãe me deu um grande abraço e um beijo.

– Seja boazinha – ela disse. – Me ligue se precisar. Te vejo no domingo.

Subi no trem. A vantagem de estar tão longe da cidade grande é que sempre consigo um assento. Quanto mais perto de Manhattan, mais lotados os trens ficam. Encontrei um assento no meio do vagão e me sentei com a mala em cima do colo. Esperei até o bilheteiro passar para pegar meu bilhete, e então tirei meu caderno de desenho e coloquei os fones de ouvido. Ouvi música e desenhei por um tempo, mas logo larguei meu lápis e só fiquei olhando pela janela. Havia muitas paradas entre minha cidade e Manhattan e, às vezes, parecia que nunca ia chegar.

Nem sempre foi assim. Quando meus pais se divorciaram, quatro anos atrás, os advogados sugeriram consultar um juiz para resolver com quem eu iria morar. Falaram que era a maneira mais justa de decidir. O juiz disse que eu deveria morar com minha mãe em tempo integral e com meu pai a cada quinze dias. Porém, quando eu morava em Manhattan, via meu pai com muito mais frequência. Sempre que quisesse, podia subir num ônibus ou entrar num táxi e estaria no apartamento dele em menos de vinte minutos. Minha mãe sempre trabalhava na revista até tarde, então eu acabava ficando com meu pai algumas noites na semana. Tudo isso mudou em junho, quando fomos morar com Eddie e Dan. Dificilmente vejo meu pai durante a semana; os fins de semana que passo com ele voam. Não parece justo.

Quando o trem finalmente parou na Estação Central, verifiquei se tinha guardado meu caderno (uma vez, esqueci um no trem, o que foi muito triste) e me dirigi até a saída do vagão lotado. Meu pai estava me esperando na plataforma, como sempre. Corri até ele e lhe dei um grande abraço.

– Oi, *mija*! – disse meu pai (caso não saibam, *mija* significa "minha filha" em espanhol, e se pronuncia "mirra", e foi por isso que ganhei meu apelido, Mia.

Meu nome inteiro é Amelia, mas meu pai ficava dizendo *mija*, e minha mãe brincava que ele parecia estar dizendo "Mia". E aí Mia simplesmente pegou).

– Oi – falei. – Onde vamos jantar hoje?

– Hum, não sei – meu pai falou. – Estava pensando em... sushi?

Eu sorri. Meu pai e eu sempre comíamos sushi nas sextas à noite. Ainda bem que nós dois gostávamos. Assim, saímos da estação e pegamos um táxi para o nosso restaurante de sushi preferido, o Tokyo 16.

Adoro o gosto do sushi: o peixe frio, a alga salgada, o gosto do molho de soja e a picância da pasta verde de wasabi, tudo de uma só vez. Outra coisa muito boa no sushi é que os restaurantes onde ele é servido são sempre lindos. Quando a gente entra no Tokyo 16, os sons da cidade desaparecem. Há uma queda d'água na parede do fundo, e o som acalma. Adoro os palitinhos pretos e brilhosos e as tigelinhas fofas que contêm o molho de soja.

– Então você e suas amigas venceram uma competição na semana passada – disse meu pai ao começarmos a comer os sushis. – Estou muito orgulhoso de você.

– Obrigada – respondi. Mergulhei um sushi de atum com abacate no molho de soja. – Fizemos duzentos cupcakes! Nunca tinha feito tantos cupcakes na minha vida.

– Aposto como estavam deliciosos – meu pai falou. – Você terá que me trazer um qualquer dia desses.

Fiz que sim com a cabeça, porque minha boca estava cheia de sushi.

– Fico feliz que tenha feito novas amizades – continuou meu pai. – Quais são os nomes delas mesmo?

– Katie, Alexis e Emma – respondi. – São todas legais.

Pensei em lhe contar sobre o CMP, mas ainda era meio cedo.

– Isso me lembrou uma coisa – falei. – A Ava me convidou para ir ao jogo de futebol dela amanhã de manhã e depois comer uma pizza no almoço. Posso ir?

Meu pai fez uma cara triste de mentira.

– Quer dizer que não quer passar o dia inteiro com o seu pai?

– Você pode me buscar à tarde – eu disse. – Aí podemos fazer alguma coisa.

– Na verdade, planejei algumas coisas para nós – meu pai falou. – Minha amiga Alina vai dar uma vernissage. Achei que seria legal ir.

Fechei a cara.

– Alina? Quem é a Alina?

Meu pai pigarreou.

– Temos saído juntos. Ela é muito legal. Vocês duas são muito parecidas. Ela é uma artista maravilhosa. Vai ser divertido.

Coloquei outro sushi na minha boca só para não precisar dizer nada ainda. Meu pai nunca conversou comigo antes sobre as mulheres que namorava. Por que com a Alina era diferente?

– É o nosso fim de semana – falei. – Não dá para você ver a exposição dela uma outra hora?

Sei que tinha acabado de dizer que passaria um tempo com Ava, mas era diferente.

– É a abertura da exposição – explicou meu pai. – É importante. Vai ter comida, música e tudo mais. Prometo que vai gostar.

– Está bem – concordei. Podia ser divertido ir a uma exposição, e meu pai parecia muito empolgado.

Naquela noite, meu pai e eu assistimos a um filme juntos antes de dormirmos. Na manhã seguinte, ele pegou o metrô comigo até o jogo da Ava. Ele me deixou lá com um aceno, e corri para encontrar Ava e a mãe dela perto das arquibancadas. Ava estava usando um uniforme vermelho e branco com o nome do time: Demolidoras do Soho. Seu cabelo liso e escuro estava preso em um rabo de cavalo. A mãe dela era alguns centímetros mais alta que ela. Estava usando legging branca e camiseta vermelha para combinar com as cores do time.

– Mia, você está crescendo tão rápido! – disse a sra. Monroe, me abraçando. – Que comida estão te dando na cidade pequena?

– Bolo de carne misterioso – respondi, e Ava caiu na risada.

– Vai ser um jogo incrível – prometeu Ava. – Vamos jogar contra as meninas do Riverside. Lembra o ano passado, quando empatamos com elas?

Fiz que sim. Ava e eu jogávamos no mesmo time de futebol desde que tínhamos seis anos.

– Acha que podem ganhar delas este ano?

Ava sorriu.

– Sei que podemos!

O técnico da Ava apitou, e ela correu até o time. Subi nas arquibancadas com a sra. Monroe. Era estranho estar sentada na arquibancada em vez de estar no campo. Grande parte de mim desejava muito estar ali jogando, mas não podia, porque não morava mais em Manhattan. Não podia nem jogar futebol na minha nova cidade, porque teria de faltar um jogo a cada quinze dias. Não era justo, mas não havia nada a fazer.

A sra. Monroe e eu torcemos para o Demolidoras. Ava tinha razão: foi um jogo emocionante e, no final, o Demolidoras venceu de 3 a 2. Depois, saímos para comer pizza, e eu estava novamente com todas as minhas amigas: a Ava, a Jenny sardenta, a Tamisha e a Madeline.

– Mia, precisamos que volte ao time – falou a Tamisha. – Ninguém consegue fazer aqueles passes longos como você.

– Bem que eu queria – eu disse. – Mas vocês não precisam de mim. Foram muito bem hoje.

Todas deram um grito. Depois a conversa desviou do jogo para fofoca.

– Mia ainda não sabe – anunciou Ava.

– Sabe do quê? – perguntei.

– Novidade – Ava falou. – O Angelo foi pego passando um bilhete na aula, e o sr. Tyler, nosso professor de Matemática, o leu em voz alta. Você não vai acreditar no que ele disse!

Todo mundo começou a rir.

– Contem! Não aguento o suspense! – implorei.

– Dizia que ele gosta da Madeline! – soltou Ava, e todas começaram a rir.

Madeline ficou muito vermelha.

– Essa coisa toda dá muita vergonha – ela falou.

Comecei a rir muito. O Angelo pensa que é muito estiloso, o cabelo dele é lambido com gel desde a quinta série. Pobre Madeline.

Eu me diverti bastante no almoço. De certa forma, as coisas eram as mesmas de sempre comigo e com minhas amigas, mas também estavam muito diferentes. Não participei da derrota do Riverside, não estava presente quando o Angelo foi pego com o bilhete. É uma sensação estranha, como se eu estivesse perdendo metade da minha vida!

Capítulo 7

A polícia da amizade

Naquela tarde, descarreguei todo o conteúdo da minha mala em cima da minha cama parisiense chique.

– Bem que meu pai poderia ter dito que iríamos a uma exposição antes de eu ter feito a mala – murmurei. Ele disse que era importante, mas eu não tinha levado nenhuma roupa "importante" comigo, nem uma saia. Fiquei recombinando as roupas que tinha e fui experimentando. Por fim, decidi usar uma legging preta, uma camisa branca comprida e um casaco por cima.

Olhei para o espelho. *Precisa de um brilho*, pensei; por isso, acrescentei um colar antigo legal com um pingente de cristal azul e verde, que era da minha mãe.

Quando fui até a sala, meu pai estava ocupado colocando a gravata. Ele estava bem bonito. Meu pai é alto, tem cabelo bem preto e usa óculos de aro fino. Estava usando calça, camisa, gravata e sapatos pretos. Pessoalmente, não gosto de tudo da mesma cor, mas meu pai ficava bem.

– Você está linda, *mija*. Sempre adorei esse colar – disse meu pai. Ele olhou para seu relógio. – Vamos pegar um táxi.

– Então, como são as obras da Alina? – perguntei durante o caminho.

– É difícil de descrever, mas você vai adorar quando vir. Sei que vai – prometeu meu pai.

O táxi parou na frente da galeria, que ficava no primeiro andar de um prédio com tijolos aparentes. Havia uma enorme janela de vidro na frente para que se pudesse enxergar lá dentro. Quando meu pai e eu entramos, a primeira coisa que notei foi a música – pelo menos, achei que era música. Parecia que alguém estava batendo um bastão em uma lata de metal sem parar enquanto um avião de controle remoto zunia no ar.

Não era tão alto quanto o *heavy metal* do Dan, mas era igualmente incômodo.

Uma mulher alta e magra com cabelo preto curto veio até nós. Estava toda de preto: um vestidinho preto sem mangas, meia-calça preta e salto alto preto. Foi aí que me dei conta: ela e meu pai estavam iguais! Talvez esse negócio de namorar a Alina fosse mais sério do que eu pensava. Ela abraçou meu pai e lhe deu um beijo na bochecha.

– Alex! Você chegou! – disse ela, depois sorrindo e estendendo sua mão para mim. – E esta deve ser a Mia. Meu nome é Alina. Prazer em conhecê-la.

– O prazer é meu – falei por educação. No fundo, ainda não tinha certeza.

– Seu pai me contou que você é uma artista – ela falou.

– Sim, ela está sempre desenhando no caderno dela – disse meu pai, dando tapinhas no meu ombro.

– A maioria são desenhos de moda – falei para ela. – Quero trabalhar na indústria da moda um dia, como a minha mãe.

— Os mundos da moda e da arte estão interligados — disse Alina. — Venham, vou lhes mostrar meu trabalho.

Primeiro, ela nos levou até uma grande parede branca. Havia um buraco no meio.

— O nome desta obra é "Raiva" — falou Alina.

— Parece que alguém deu um soco na parede — observei.

— Exatamente! — Alina disse, parecendo muito feliz. — Encapsulei um momento de pura raiva e o congelei no tempo.

— Humm — foi tudo o que pude dizer.

Porém, meu pai estava agindo como se fosse a melhor coisa do mundo.

— Brilhante, Alina. Adorei!

Seguimos até a obra seguinte, uma tela branca com manchas pretas.

— Esta aqui é "Raiva - Parte Dois" — explicou Alina.

Pelo que pude notar, ela ficou brava e jogou tinta numa tela. Mas vocês não vão acreditar no que meu pai disse:

– Fascinante – falou, ajeitando os óculos, como se quisesse ver melhor. – Dá para sentir a raiva emanando da obra.

O resto das obras foi assim: tudo estranho, e meu pai estava agindo como se fosse a melhor coisa do mundo. Não falei muito, porque não queria magoar a Alina. Quando terminamos de olhar as obras, um cara veio e cochichou no ouvido da Alina.

– Tenho que ir – ela disse. – Um grande comprador acabou de entrar.

– Vamos comer alguma coisa – sugeriu meu pai.

Uma mesa de comes e bebes estava posta no fundo, mas tudo o que havia sobre ela eram taças de vinho para os adultos e algumas fatias de pepino com uma gosma rosa em cima. Eu estava ficando com muita fome, e a música estava me deixando com dor de cabeça.

– Então – meu pai perguntou –, o que achou?

– É, hã, *interessante* – falei, e percebi que eu soava um pouco como a Sydney. – Não é muito meu estilo.

– Assim é a arte – disse meu pai. – Todo mundo tem uma opinião.

Por sorte, não ficamos muito tempo, e meu pai ficou com pena de mim, então compramos comida chinesa para levar para casa. Mais tarde, enquanto eu estava desenhando no meu quarto, comecei a pensar no que meu pai havia dito no dia anterior: "vocês duas são muito parecidas". Gente, sério? Em primeiro lugar, não fico toda de preto: deixo isso para os vampiros, como a Bella. E eu nunca tocaria aquele tipo de música e, *de jeito nenhum*, faria um buraco em alguma coisa e chamaria de arte. E quando fizer meu primeiro desfile, quero ter um bufê de sushi. Quem é que quer comer gosma rosa?

Era como se meu pai não me conhecesse de verdade. Essa ideia me incomodou muito. Ao olhar para minhas paredes rosas e pretas, outra ideia que passou pela minha cabeça me incomodou ainda mais: quando minha mãe e Eddie resolveram se casar, fomos morar com ele. E se meu pai e Alina se casarem? Será que iríamos morar com ela?

Eu podia imaginar como era o apartamento dela: paredes bem brancas, móveis pretos e aquela música irritante tocando sem parar. Aposto como haveria alguns buracos nas paredes também. Eu me joguei nas minhas almofadas. *Não entre em pânico*, disse a mim mesma. *Eles só estão namorando.* Mas não dormi bem naquela noite.

O domingo foi um dia bem normal com meu pai: dormimos até tarde, compramos roscas, andamos de bicicleta no parque, e meu pai fez seu famoso frango com molho de tomate para o almoço. Depois ele me levou para casa de carro e fui dormir. Era a rotina de sempre dos domingos a cada quinze dias.

Acordei na manhã seguinte me sentindo muito confusa. Primeiro, como sempre, confundi onde eu estava, depois fiquei pensando na Alina e no meu pai e em como estava por fora das coisas das minhas amigas de Manhattan. Levei um tempão para escolher uma roupa para ir à escola. Fiquei imaginando como seria a roupa se a gente estivesse muito confusa. Estampas misturadas: xadrez com listras? Acabei decidindo usar uma calça jeans *skinny* e uma camiseta com um desenho de Nova York. Não era ótima, mas foi o melhor que pude pensar.

Fiquei feliz por ver a Katie no ônibus.

— Como foi o fim de semana com seu pai? — ela perguntou.

— Bem legal — falei. — Só que ele está com uma namorada estranha, a Alina, que é uma artista que dá socos nas coisas.

Foi bom falar da Alina em voz alta. É claro que eu não tinha contado para minha mãe, mas conversar com a Katie é fácil — parece que posso falar qualquer coisa para ela. Ela ergueu uma sobrancelha.

— Espero que ela não dê socos nas pessoas.

— Só nas paredes — eu disse. — E depois ela expõe numa galeria.

— Ainda bem que minha mãe não sai com ninguém — falou a Katie. — Seria muito estranho.

— É totalmente estranho — confirmei.

Arrrrrout! Wes Kinney soltou o que provavelmente foi o arroto mais alto de todos. Katie e eu balançamos as cabeças. Outra segunda-feira havia começado.

Na escola, minha primeira aula do dia seria Matemática, o que é sempre doloroso, mesmo quando não é segunda. Bella e Callie também estão nessa aula, por isso acenei para elas quando cheguei e me sentei.

A sra. Moore ainda não tinha chegado, por isso tirei meu caderno de desenhos e comecei a desenhar. Eu vinha tentando criar uma combinação de blusão com saia como a que eu tinha visto na revista. Callie se sentava atrás de mim e reparei que ela estava olhando por cima do meu ombro.

– É muito bonitinho – ela disse. – Quem me dera poder desenhar assim.

– Talvez você possa – falei. – Eu não era muito boa até que fiz umas aulas. Depois, aprendi maneiras de fazer as coisas que nunca tinha imaginado antes.

– Pode me mostrar qualquer dia desses? – perguntou Callie.

Eu estava prestes a respondê-la, mas o sinal tocou nessa hora. Por isso, esperei até o final da aula. Callie e eu éramos colegas de Ciências no segundo período, por isso fui com ela no corredor.

– Então, Callie, se você quiser desenhar comigo qualquer dia, é só me falar – eu disse.

– Seria legal – ela respondeu. – Vou te dar o número do meu celular. Me procure antes de entrar no ônibus para a gente trocar os números, está bem?

– Tudo bem – falei.

Foi aí que notei Katie vindo na nossa direção. A aula dela ficava na direção oposta.

– Oi! – falei, acenando. Katie acenou, mas estava com uma cara de estranheza. Não entendi o motivo, até nos encontrarmos no almoço.

– Sobre o que você e a Callie estavam conversando? – Katie perguntou.

Achei que era uma pergunta meio estranha para se fazer; afinal, posso falar com quem eu quiser, não é? Por um instante, parecia que eu estava sendo interrogada pela polícia da amizade. Aí, eu me lembrei que a Katie e a Callie eram *melhores* amigas, talvez por isso estava interessada.

– Callie gostou de um desenho que fiz – falei. Não mencionei a parte de que talvez fôssemos nos encontrar. – Eu estava desenhando um blusão e uma saia.

Alexis revirou os olhos.

– É só sobre isso que as meninas do CMP falam? Moda e maquiagem? – ela perguntou. – E todos os problemas do mundo? Será que não sabem que as florestas desaparecem um pouquinho todos os dias? E aqueles ursos polares do Polo Norte? O gelo deles está derretendo e estão sem lugar para viver! Será que o CMP não se importa com isso?

Emma balançou a cabeça.

– Alexis, você se preocupa demais.

– Não dá para ser séria o tempo todo – observei. – Além do mais, aquelas meninas não são tão ruins assim.

– É uma opinião sua – falou Alexis. – Quando eu as vir ajudando os ursos polares, talvez mude de ideia.

Katie parecia muito preocupada e incomodada, mas eu não sabia por quê. Talvez também estivesse preocupada com os ursos polares, mas eu tinha uma sensação de que outra coisa a incomodava: eu.

Capítulo 8

Doce e azedo

O resto da semana foi bem normal, só que passei todas as noites limpando a cozinha para preparar a reunião do Clube do Cupcake na sexta. A maioria era bagunça do Dan. Ele é viciado em salgadinhos e molho de queijo, por isso sempre havia montes de queijo laranja ressecado espalhados pelas bancadas e na mesa. Porém, se a gente tenta conversar com ele, é isso que acontece:

Eu: Dan, você poderia, por favor, limpar todo aquele queijo da bancada?

Dan: Você está se referindo ao pontinho laranja (ele pega uma toalha de papel e passa por cima do queijo). Pronto.

Mas é claro que o queijo ainda ficava lá.

Também tive que descobrir como fazer flores amarelas e verdes para a cobertura de cada cupcake. Passei um tempo olhando na internet. Havia muitos sites legais que vendiam artigos para cupcake e confeitaria. Acabei encontrando um site que vendia umas flores amarelas lindas, feitas de açúcar colorido. Cada uma tinha duas folhas verdes saindo de trás. Eram tão bonitas! Mostrei para minha mãe, e ela fez um pedido de quatro dúzias para mim. Ela disse que poderíamos devolver o dinheiro depois que a srta. Biddle nos pagasse.

Minha mãe tinha uma reunião em Nova York na sexta, e o Dan tinha um jogo de basquete; por isso o Eddie comprou pizza para nós dois. Coloquei o Tiki e o Milkshake no meu quarto, porque eles ficam loucos quando tem muita gente aqui em casa. Katie, Alexis e Emma chegaram às sete. A mãe da Emma estava atrás delas.

– Volto mais tarde para buscar todo mundo – ela disse. – Que horas vocês acham que vão terminar?

Katie respondeu:

– Se assarmos as quatro dúzias de uma vez, provavelmente vamos terminar às nove – falou.

– Pode ser – disse a sra. Taylor. – Vejo vocês mais tarde.

Todo mundo entrou, e Eddie chegou com um grande sorriso estampado na cara.

– Então, que sabor de cupcake vamos fazer hoje? – ele perguntou.

– *Nós* vamos fazer cupcakes de limão com cobertura de cream cheese – falei.

Eddie fez uma careta boba.

– Oh, não posso ajudar?

– Você pode ser o nosso ligador de forno oficial – sugeriu Katie.

– Pode ser – Eddie falou. – Sou especialista nisso.

– A gente te chama quando precisar – eu disse. Depois, fiz um sinal com a cabeça para minhas amigas. – Sigam-me.

– Seu padrasto é muito engraçado – observou Emma, depois que entramos na cozinha.

— *Quase* padrasto – corrigi. – E você não diria isso se passasse mais tempo com ele. A maioria das piadas dele é horrível.

— É, meu pai também se considera mais engraçado do que é – disse Emma. – Mas prefiro isso a um pai ranzinza.

Humm, a Emma tinha razão. Sem dúvida, eu preferia o bom humor do Eddie aos problemas de raiva da Alina!

Katie colocou em cima da mesa da cozinha a sacola que tinha trazido, e Alexis sacou seu caderno.

— Se dividirmos as tarefas, podemos fazer tudo mais rápido – ela falou. – Katie, já que você tem mais experiência, pode começar a misturar os ingredientes da massa. Eu vou espremer os limões para você. Emma, você pode fazer a cobertura. E, Mia, você pode trabalhar nos enfeites para os cupcakes.

— Acho que desta vez vai ser fácil – falei. Peguei o pacote de flores de açúcar na bancada. – Só precisamos grudar cada uma em cada cupcake, estão vendo?

— Uau, são tão bonitas! – disse Emma.

— A srta. Biddle vai adorar – acrescentou Katie.

– Tudo bem – Alexis falou. – Mia, então você ajuda a Katie com a massa. Acho que já demos conta de tudo.

– Nem tudo – eu disse. Tirei o iPod da minha cintura e conectei ao tocador da mesa da cozinha. – Precisamos de música.

Eu sempre trabalho melhor com música de fundo (exceto quando é o *heavy metal* do Dan), e logo já estávamos dançando pela cozinha. Katie e eu medimos a farinha, o fermento e o sal e peneiramos tudo dentro de uma tigela. Depois, derretemos um pouco de manteiga e colocamos na mesma tigela. Acrescentamos ovos, açúcar e baunilha. Alexis nos deu um copo medidor com suco de limão fresco, que despejamos no resto dos ingredientes molhados. Depois de misturá-los, fomos adicionando lentamente a mistura de ingredientes secos. Depois de fazer duzentos cupcakes para o evento beneficente, sabíamos os passos praticamente de cor.

– Eddie! É hora de ligar o forno! – gritei.

Eddie veio correndo à cozinha como um jogador de futebol avançando no campo.

– Tudo bem, de que temperatura precisamos? – ele perguntou.

– Cento e oitenta, por favor – falou Katie.

Enquanto o forno aquecia, usei uma concha de sorvete para colocar a massa nas formas já enfileiradas. Katie comprou formas de papel amarelas para combinar com a flor. A massa também ficou num tom de amarelo bonito.

– Vão ficar tão bonitos – disse Emma enquanto os colocávamos dentro do forno.

Concordei.

– Esperem até colocarmos as flores e a cobertura.

Regulamos o *timer* para vinte minutos. Essa é uma das coisas boas dos cupcakes: não levam muito tempo para assar. Enquanto assavam, lavamos as tigelas que usamos e Katie as secou. Alexis pegou uma colher e provou a cobertura de cream cheese da Emma.

– Hummm, está tãããão bom – ela disse. – Vai ficar ótimo com o limão.

O *timer* tocou, e Eddie voltou correndo para a cozinha.

– Melhor deixar comigo, meninas – falou ele. – Está quente!

Revirei meus olhos para Katie, e ela sorriu. Eu sabia que ela entendia como Eddie era piegas – ela sempre diz que a mãe dela também é.

Eddie tirou as formas do forno, e mostramos para ele como virar cuidadosamente as formas em cima das grades para esfriar. Os cupcakes estavam dourados e perfeitos e tinham um cheiro forte de limão. Sentamos e conversamos enquanto os cupcakes esfriavam. Aí, ouvi a porta da entrada bater: Dan tinha voltado.

– Que cheiro é esse? – perguntou ele, entrando na cozinha. Ele estava com o uniforme vermelho e branco do basquete e muito suado.

– Por favor, não sue em cima dos cupcakes – falei para ele, e ouvi Emma rir atrás de mim. Dan me ignorou.

– Estou com muita fome. Importam-se de eu pegar um?

Mas ele não esperou por uma resposta. Simplesmente pegou um, partiu ao meio e enfiou na boca.

– Dan! – gritei. – Estes aí são para o chá de fraldas de amanhã. Estamos sendo *pagas* para fazê-los!

Katie, Alexis e Emma pareciam tão horrorizadas quanto eu.

– Talvez não seja tão ruim assim – disse Emma. – Vai faltar só um.

Então, Dan fez uma careta.

– Epa, que tipo de cupcakes são esses? Estão superazedos!

– São cupcakes de limão – disse Katie. – Têm que ter gosto de limão, mas também ser doces.

Dan me passou a outra metade do seu cupcake.

– Não sei. Para mim, não está doce.

– Você não sabe o que é um cupcake bom – falei. Peguei um pedaço e botei na boca. O gosto azedo do limão pegou na minha língua.

– Oh-oh – disse Katie. – Ele tem razão?

Fiz que sim.

– Está muito azedo, nem um pouco doce.

Passei um pedaço de cupcake para cada uma delas, que fizeram uma careta ao prová-lo.

– Quantos limões vocês colocaram neles? – perguntou Dan.

– Eu mesma medi – respondeu Alexis. – Uma xícara e meia, como a receita dizia.

Katie franziu a cara.

– Uma xícara e meia? Achei que a receita dizia meia xícara.

– Acho que não. Tenho quase certeza de que era uma xícara e meia – disse Alexis, mas sua voz não parecia muito firme.

Katie olhou no livro de receitas.

– Não, aqui diz meia xícara de suco de limão. Provavelmente foi o que aconteceu.

O rosto da Alexis ficou vermelhíssimo.

– Oh, não! Me desculpem.

Eu me senti mal por ela.

– Eu deveria ter verificado quando você me entregou o copo medidor – eu disse. – Também é culpa minha.

– Parece que vocês vão ter que fazer mais cupcakes – Dan falou.

Olhei para o relógio. Já passavam das oito da noite.

– Eu faço – disse Alexis. – Vou ficar acordada a noite inteira se for preciso, mas vou terminá-los.

– Claro que não – disse Emma. – Estamos todas juntas nisso.

Katie sorriu.

– Não se estresse, Alexis. Você tem tantos números na cabeça que uma hora iriam se embaralhar.

Alexis balançou a cabeça.

– Ainda não consigo acreditar. Achei ter verificado, tipo, umas três vezes.

– Sabem, vocês deveriam me *agradecer* por ter comido aquele cupcake – falou Dan. – Senão, o cliente de vocês ficaria bem decepcionado.

Odeio admitir, mas Dan tinha razão.

– Você pode ser nosso degustador oficial de cupcake – falou Katie.

– Não sei – ele respondeu. – Pode ser perigoso.

Todo mundo riu. Embora tenhamos tido que recomeçar do zero, não foi tão mau assim, porque estávamos unidas, como Emma havia dito. E isso, diferente dos nossos cupcakes, era muito doce.

Capítulo 9

Tristeza na loja de smoothies

Era uma noite que entraria para a história dos cupcakes. Primeiro, Katie, Alexis e Emma tiveram que ligar para casa e ver se podiam ficar até mais tarde. Depois, voltamos a fazer os cupcakes do zero. Dessa vez, observamos com muito cuidado Katie medir cada ingrediente. Depois de a Alexis ter espremido mais limões, ela mostrou o copo medidor para cada uma de nós verificar. Era exatamente meia xícara.

– Alexis, seu talento para a perfeição voltou – Katie brincou com ela.

Enchemos as formas de cupcakes, economizando um pouco de massa para termos dois cupcakes a mais para provar. Minha mãe entrou quando estávamos colocando a segunda leva no forno. Embora parecesse meio cansada, ela ainda estava maravilhosa: usando uma camisa marfim com babados e uma calça reta, um colar dourado e pulseiras de metal e, é claro, seus saltos altos pretos preferidos.

– Eddie me contou que vocês estão com uma emergência de cupcakes – ela falou. – Posso ajudá-las em alguma coisa?

– Está tudo sob controle – eu disse. – Quando estiverem prontos, vamos esperar que esfriem, colocar a cobertura e decorá-los.

Reparei que Alexis estava a quinze centímetros do forno, olhando através do vidro os cupcakes que estavam assando.

– Alexis, o que está fazendo? – perguntei.

– Garantindo que não queimem – ela disse. Não temos tempo para fazer uma nova fornada se algo der errado com esta.

– Epa, não tinha pensado nisso – falou Katie. Ela ficou ao lado da Alexis e espiou pelo vidro.

– Sério, vocês não conseguem ficar olhando esse negócio por vinte minutos, conseguem? – perguntei.

– Ah, conseguimos, sim – respondeu Katie.

– Bom, eu vou lavar a louça – falei.

Emma pegou um pano de prato.

– Eu ajudo.

Katie e Alexis ficaram coladas ao forno até o *timer* tocar. Eddie veio de novo para retirá-los.

– Sabem o que dizem: a segunda vez é ainda melhor! – ele afirmou alegremente.

– Cadê o Dan? – perguntou Katie. – Precisamos do nosso degustador oficial de cupcakes.

– Na sala, assistindo à TV – respondeu Eddie.

Katie saiu correndo da cozinha e voltou um minuto depois, arrastando Dan pelo braço.

– Não sei se quero esse emprego – falou ele. – É arriscado.

– Engraçadinho – eu disse. Entreguei um cupcake para ele. – Agora experimente.

Dan deu uma mordida. Ele fez a mesma careta de antes.

– Ah, não! – lamentou Alexis. – Ainda está azedo?

Ficamos olhando para ele; até o Eddie parecia nervoso. Dan sorriu.

– Brincadeira! Não, está bom.

Suspiramos de alívio. Dan e Eddie ainda ficaram um pouco na cozinha nos observando, mas isso não nos atrapalhou. Acho que era a primeira vez que havia tantas meninas na cozinha deles. Fiquei imaginando se era meio estranho para eles.

Mas ainda não tínhamos terminado. Quando os cupcakes esfriaram, colocamos a cobertura e acrescentamos as flores, já eram quase onze e meia. Bocejando, começamos a colocar os cupcakes dentro das caixas especiais. A mãe da Emma entrou na cozinha com a minha. As duas também estavam bocejando.

– Estão prontas para ir? – perguntou a sra. Taylor.

Fechei a quarta caixa.

– Tudo pronto.

– Eu levo de carro amanhã – disse minha mãe para a da Emma. – Passaremos para pegar a Emma por volta das onze.

– Vou estar na casa da Emma – falou Alexis.

– Obrigada por nos deixar usar sua cozinha, srta. Vélaz – disse Katie.

– De nada – minha mãe respondeu. – Agora vão para casa e tenham uma boa noite de sono!

As meninas foram embora, mas eu ainda tinha uma coisa a fazer antes de dormir. Escrevi: "NÃO COMER" em um pedaço de papel e colei nas caixas de cupcakes. Dan pode ter nos ajudado, mas eu ainda não confiava nele.

Por sorte, Dan não encostou nos cupcakes, que estavam lindos e perfeitos quando os entregamos na casa da srta. Biddle na manhã seguinte. Eu nunca tinha ido à casa de um professor antes. Esperava que ela morasse em um laboratório de cientista maluco, com tubos de ensaio borbulhando ou coisa assim, mas ela morava em uma casinha vermelha e bonitinha, sem tubos de ensaio à vista. Um gato laranja e gordo estava estirado na janela ensolarada quando tocamos a campainha.

A srta. Biddle ficou contente em nos ver. Ela não estava usando uma camiseta maluca de Ciências, mas uma camisa amarela e calça capri de linho. Hoje, a roupa da srta. Biddle me dizia que ela estava contente e tranquila. O amarelo é conhecido por ser uma cor alegre.

– Uau, vocês são profissionais – ela disse. – Entrem.

As salas de estar e jantar estavam decoradas com enfeites amarelos e verdes e balões combinando. Ela apontou para uma mesa pequena na sala de jantar com uma pilha de pratos de plástico amarelos.

– Acho que podemos colocar os cupcakes aqui – ela disse.

– Perfeito! – falei. – Vamos arrumá-los para que fiquem bonitos.

Organizamos todos os cupcakes nos pratos amarelos e enfileiramos na mesa. Ficou muito bonito mesmo.

– Minha irmã vai adorar – disse a srta. Biddle. – Muito obrigada.

Ela estendeu um envelope branco, que Alexis pegou.

– Eu recebo – disse. – Muito obrigada.

Esperamos até sair da casa para comemoramos.

— Conseguimos! — Katie se alegrou. — Nosso primeiro trabalho pago!

— Estou muito orgulhosa de vocês — falou minha mãe. — Vamos para o Smoothies do Sal. Eu pago.

Quinze minutos depois, estávamos sentadas em uma mesa no Sal. Era um lugar divertido, com paredes rosa e assentos verde-limão. Cada uma pegou um sabor diferente. Katie pediu banana com frutas vermelhas; Alexis, gengibre com pêssego; Emma, morango; e eu pedi manga com maracujá. Alexis abriu o envelope e contou o dinheiro.

— Quarenta e oito dólares — anunciou. — Um dólar por cupcake.

— Ainda precisamos pagar minha mãe — disse Katie. Ela meteu a mão no bolso e tirou uma nota fiscal amassada para Alexis. — Todos os ingredientes totalizaram dezesseis dólares, mas podemos usar a farinha e o açúcar que sobraram para o próximo trabalho.

Aí me lembrei das flores de açúcar.

— Mãe, você está com a nota? — perguntei.

– Acho que sim – respondeu minha mãe. Ela procurou na bolsa e achou um pedaço de papel branco, que entregou para Alexis.

Alexis deu um gole no seu smoothie enquanto lia.

– Não brinca – ela falou. – Aquelas flores custaram 75 centavos cada?

– Hã, acho que sim – respondi. – Achei que era bem razoável. Setenta e cinco centavos não é muito dinheiro.

– Mas 75 centavos vezes 48 dá 36 dólares – disse Alexis. – Isso significa que gastamos 52 dólares para fazer esses cupcakes: quatro dólares acima do orçamento!

Eu me senti péssima.

– Me desculpem, de verdade.

– Não se preocupem com as flores – falou minha mãe rapidamente. – Pensem como se fosse uma doação para a empresa nova. Nós, empresárias, temos que ficar unidas.

– É muita gentileza sua – disse Emma.

Alexis estava balançando a cabeça.

– É por isso que precisamos calcular os gastos sempre. Não podemos cometer erros como esse.

– Lembre-se de que é o nosso primeiro trabalho pago – falou Katie. – Vamos cometer vários erros no início, como colocar suco de limão demais.

Alexis corou.

– Tem razão. Não foi minha intenção. Obrigada, srta. Vélaz.

– Acho que deveríamos economizar o dinheiro e usá-lo para o nosso próximo pedido – disse Katie. – Aí não vamos gastar mais do que temos.

– Parece uma coisa que Alexis diria – Emma brincou.

Katie sorriu.

– O que posso dizer? Acho que está passando para mim.

– Me desculpe, Mia. Não quis te fazer sentir mal – falou Alexis.

– Tudo bem – eu disse.

Depois disso, ninguém voltou a falar do custo das flores, mas eu ainda me sentia muito mal. Não falei muita coisa depois disso e nem cheguei a terminar de tomar meu smoothie.

Capítulo 10

Um convite

— Mãe, podemos ir ao shopping? – perguntei. Tínhamos acabado de dar carona para as meninas e estávamos indo para casa, mas eu precisava urgente ir ao shopping.

— Por que não? – perguntou minha mãe. – Eu preciso comprar um novo carregador para o meu celular mesmo.

Logo, estávamos entrando no Shopping Westgrove.

— Vai para a Icon de novo? – minha mãe indagou.

— Estava pensando em ir a Blue Basics – falei. É uma loja ótima que vende todo tipo de calça jeans que é possível imaginar, além de camisetas e blusas clássicas. Adoro jeans porque combina com tudo. Além do mais, cresci, tipo, um metro durante o verão, então todas as minhas calças estavam curtas demais.

Minha mãe devia estar lendo minha mente.

– Boa ideia. Você precisa de um jeans novo mesmo. Eu te encontro lá daqui a pouco. Seu celular está ligado?

– E carregado – falei.

Minha mãe virou a esquina, e eu fui para a Blue Basics, que fica no primeiro andar. Não tinha caminhado muito quando vi Sydney, Maggie, Bella e Callie vindo na minha direção.

– Oi! – eu disse.

– Uau, não acredito que te encontramos de novo! – Maggie soltou.

– É como se fosse o destino – disse Bella com uma voz séria.

– Ou talvez seja o fato de todas gostarmos de olhar roupas – observou Callie.

Eu sorri.

– Não sei. Às vezes, acho que a moda é o meu destino.

— Bem, claro que é, com uma mãe famosa dessas — disse Maggie, tirando um cacho do seu cabelo do rosto. — Está no sangue.

— Ela não é exatamente famosa — respondi.

— Mas ela conhece estilistas famosos! — Maggie falou. — Ainda não acredito que ela conhece Damien Francis. Você já foi à casa dele?

— Não é assim — tentei explicar, mas não acho que Maggie estava interessada, na verdade, sem-graça. Por isso, mudei de assunto. — Estou indo para a Blue Basics. Querem vir comigo?

— Uh, a BB! — disse Maggie. — Eu precisava de uma calça jeans nova.

Então, Sydney falou pela primeira vez.

— Vamos com você — ela disse, e fiquei com a sensação de que a decisão era dela.

Sydney andou do meu lado enquanto íamos para a loja.

— Maggie às vezes fica tãããoo deslumbrada — falou. — Uma vez, ela passou o dia inteiro do lado de fora da Pizzaria do Dave em Manhattan porque ouviu falar que o Justin Bieber gosta de comer lá quando vai a Nova York.

– Que mentira! – disse Maggie fazendo beicinho. – Mas pelo menos a pizza era muito boa.

– Então, sua mãe conhece outros estilistas? – perguntou Sydney casualmente.

– Ela conhece vários – falei com sinceridade. – Ela era encarregada de escolher as roupas para os editoriais da revista. Por isso, todo estilista que queria aparecer na *Flair* tinha que conhecer a minha mãe.

– Então você deve ganhar muitas amostras grátis de roupas – falou.

Encolhi os ombros.

– Às vezes.

– Mas sua mãe não trabalha mais na *Flair*? – Sydney perguntou.

– Não, ela fundou sua própria empresa de consultoria – respondi. – Mas ainda trabalha com moda.

Sydney estava sendo legal, mas comecei a sentir como se estivesse sendo entrevistada ou algo assim. Felizmente, as perguntas pararam quando chegamos à loja. Devemos ter passado uma hora provando vários tipos de calças jeans. Eu estava bem contente de as meninas do CMP estarem lá, pois me impediram de comprar um *jeans* desbotado que era muito "anos oitenta", até para mim. Acabei com duas calças jeans *skinny* que minha mãe comprou quando chegou lá.

Antes de eu ir embora, Sydney veio até mim.

– Então, Mia, por que não almoça com a gente na segunda?

Hesitei.

– Hã, não sei. Já tenho amigas com quem sentar.

– Sua turma do cupcake não vai sentir falta de você por um dia – disse Sydney.

– Vamos, Mia – pediu Callie. – Divida o seu tempo conosco também.

Gostei do jeito como Callie disse: eu não estava desprezando o Clube do Cupcake, apenas dividindo meu tempo com outras amigas de que gostava. Não havia nada de errado nisso. Afinal de contas, era só um almoço.

– Está bem – falei. – Vejo vocês na segunda.

Minha mãe e eu comemos, cada uma, uma grande salada no bufê antes de sair do shopping. Quando chegamos à nossa casa, eu estava ansiosa para experimentar minhas calças novas e planejar novos modelitos com elas.

– Mãe, cadê minha camisa branca? – perguntei, depois de fazer carinho no Milkshake e no Tiki.

– Acho que vi no cesto da lavanderia – respondeu minha mãe.

– Ah, está bem.

Fui até a lavanderia, que fica ao lado da cozinha, mas o cesto estava vazio.

– Mãe, está vazio! – gritei.

Eddie veio até a lavanderia.

– Dan lavou umas roupas hoje de manhã. Veja na secadora.

Abri a secadora e vi um monte de roupas coloridas. Comecei a entrar em pânico. Será que o Dan colocaria minha camisa branca com as roupas coloridas? Foi exatamente o que ele fez. Tirei minha camisa branca, só que não era mais branca. Agora estava manchada de rosa.

– Estragou! – lamentei.

Entrei brava na cozinha, onde minha mãe e Eddie estavam sentados, tomando café.

– Olhem para isso! Está estragada! É culpa do Dan!

Geralmente, consigo ficar fria quando algo dá errado. Porém, não sei por que a camisa estragada estava me deixando furiosa.

– Calma – falou minha mãe. – Ele não fez de propósito, Mia.

– Eu compro outra camisa para você – acrescentou Eddie.

– Isso não vem ao caso! – bufei. – Isso *nunca* aconteceria se fôssemos só eu e você, mãe. Por que as coisas não podem simplesmente ser como eram?

– Oh, Mia – disse minha mãe com tristeza.

Senti que ia chorar, por isso corri até o meu quarto. O Tiki e o Milkshake estavam com tanto medo de mim que saíram correndo da minha frente. Quando cheguei ao meu quarto, bati a porta. Aí deitei na cama e coloquei um travesseiro na cara. Queria nunca ter saído de Manhattan, que a minha mãe nunca tivesse conhecido o Eddie, que muitas coisas fossem diferentes. Eu também sabia que meus desejos não eram importantes – e era isso que mais me magoava.

Capítulo 11

A ficha finalmente cai

Alguns minutos depois, minha mãe bateu à porta.

– Entre – falei.

Enxuguei minhas lágrimas rapidamente e me sentei enquanto minha mãe entrava.

– Mia, podemos conversar? – perguntou minha mãe. – Entendo que esteja chateada, entendo mesmo. Também sei que há muitas outras coisas, além da camisa rosa, que estão te incomodando.

Concordei.

– Às vezes é difícil viver aqui.

– Sei que é uma grande mudança – minha mãe falou –, para todos nós, mas o Eddie e eu estamos nos esforçando muito para fazer você se sentir bem. E você sabe que eu queria sair de Manhattan antes mesmo de ter conhecido o Eddie. Adoro Manhattan, mas lá é tudo muito rápido. Eu precisava desacelerar, sabe?

Fiz que sim com a cabeça.

– Sei.

– E achei que você gostava do Eddie – ponderou minha mãe. – Foi você quem me disse que eu devia continuar namorando com ele.

Eu me dei conta de que era verdade. Quando minha mãe me apresentou para o Eddie, achei-o superlegal; ele ainda é.

– Eu gosto dele – falei –, mas sinto saudade de Manhattan, das minhas amigas, de estar perto do meu pai.

Comecei a chorar de novo, não pude evitar. Era como se as comportas tivessem sido abertas e tudo continuava saindo.

– Às vezes me sinto uma alienígena aqui. Nem o meu quarto se parece comigo. Olhe só para este quarto! – eu disse.

Minha mãe ficou em silêncio por um instante e deu uma olhada no meu quarto: era como se o estivesse vendo pela primeira vez.

– Acho que estive tão ocupada ultimamente que nem reparei. Me desculpe – minha mãe falou. – Você tem razão, este quarto é meio deprimente. Uau, olhe para esse papel de parede... aposto como foi Eddie quem escolheu.

Começamos a rir. Minha mãe me abraçou e ficamos sentadas, rindo do quarto por alguns instantes.

– A questão é – ela finalmente disse – que eu amo o Eddie e acho que aqui é um bom lugar para nós. Mas vou fazer o possível para facilitar as coisas, está bem? Por exemplo, vou conseguir um cesto de roupas com o seu nome, aí você pode lavar suas roupas do seu jeito. E vamos reformar o seu quarto nas próximas semanas.

– Para mim, está bom – falei.

– E *talvez* quando eu tiver reuniões em Nova York à tarde, você poderá vir comigo – minha mãe disse. – Você pode jantar com seu pai e ver suas amigas. Mas só se você tiver pouca ou nenhuma tarefa de casa!

– Ah, sim, sim! Obrigada, mãe! – gritei de alegria.

Minha mãe me beijou na cabeça.

– Eu te amo, Mia.

– Também te amo, mãe.

– Ah, e Mia? – minha mãe disse. – Também está sendo meio difícil para o Dan. Apenas tente se lembrar disso, está bem?

Lembrei do Dan nos observando na cozinha. Eram só Dan e Eddie na casa antes de nos mudarmos, assim como éramos só eu e minha mãe.

– Está bem – respondi.

Eu me senti melhor depois disso, mas tinha mais uma coisa com que me preocupar. Teria que contar à Katie, à Alexis e à Emma que não almoçaria com elas, e eu não estava a fim de fazê-lo. É claro que isso iria acontecer *numa segunda*.

Tentei contar à Katie no ônibus, mas dei para trás. Depois, tentei contar à Alexis no corredor, mas dei para trás de novo. Aí, chegou a hora do almoço. Não tinha escolha: eu *tinha* que contar. Cheguei à nossa mesa de sempre antes de a Alexis e a Emma irem para a fila.

– Olá – falei. – Hã, olhem, meninas, hoje vou me sentar com a Sydney, a Callie e as outras. Só hoje.

Um olhar de mágoa estampou a cara da Katie, e me senti péssima.

– Você quer dizer o CMP? – perguntou Alexis. – Por que você vai se sentar com elas?

– É que... a gente vive se encontrando no shopping, e gostamos de conversar sobre moda e tal – falei. – Elas me convidaram para almoçar ali hoje, e eu não queria ser grossa.

– Se você quer conversar sobre blusas e saias por quarenta minutos, então vá em frente – disse Alexis.

– É, divirta-se – falou Emma.

– Não tem problema – Katie disse, mas eu percebi que tinha, sim, problema.

– Então está bem. Vejo vocês na aula de Literatura – falei.

Quando cheguei à mesa do CMP, havia um lugar vazio entre Callie e Maggie; eu me sentei.

– Então, a turma do cupcake te liberou para se sentar conosco? – perguntou Sydney.

– Não é assim – falei. – Afinal, posso me sentar onde quiser.

— Estou contente que esteja conosco — disse Callie. — Sabe, minha irmã, Jenna, conhece seu meio-irmão desde o jardim de infância. Ela disse que ele é muito legal e bonitinho.

— Ela deve estar confundindo com outra pessoa — eu disse. — Quero dizer, acho que ele é bonitinho e às vezes pode ser legal, mas na maior parte do tempo é muito chato.

— Jenna também é — falou Callie. — Não é de estranhar que se deem bem.

Sydney revirou os olhos.

— Graças a Deus, sou filha única!

— Você pode ficar com minhas irmãs mais novas se quiser — acrescentou Maggie. — Elas me deixam louca!

— Eu ia gostar de ter um irmão ou uma irmã — disse Bella. — Às vezes, ser filha única pode ser muito solitário.

— Bella, você já disse coisas ridículas antes, mas essa deve ser a mais ridícula de todas — falou Sydney, e rapidamente olhei para Bella. Será que estava magoada? Mas ela não pareceu se abalar.

— Um dia, alguém vai reconhecer a beleza da minha alma solitária — falou Bella. — Até lá, vou sofrer sozinha.

Callie riu.

– Bella, você precisa fazer teatro, sério.

– Então, alguém mais fez o teste da sra. Moore hoje? – perguntou Maggie. – Foi superdifícil, juro!

– Ah, que ótimo – resmungou Callie. – Outro teste, não!

– Tenho uma notícia melhor – falou Sydney. – Alguém viu a roupa da Sophie hoje? Uma saia xadrez com uma blusa de gola xadrez combinando? Parece que ela está usando um uniforme.

Por acaso, eu gostava bastante da Sophie, por isso não fiquei contente com o comentário da Sydney.

– Adorei a saia – falei. – Talvez a blusa não combine muito, mas ela acertou na ideia.

– É – concordou Callie. – Ela definitivamente ganha pontos por aquela saia. É fofa.

Sydney apenas revirou os olhos. O resto do almoço foi meio assim: Maggie falava sem parar; de vez em quando, Bella falava uma coisa estranha e dramática; Sydney fazia comentários levemente maldosos; e Callie e eu tivemos uma conversa completamente normal.

O que será que Callie está fazendo com essas outras meninas?, me peguei pensando. *Ela é muito amigável e legal.*

Aí eu entendi. Era com isso que Katie estava chateada desde o primeiro dia de aula. Tentei imaginar se Ava parasse de andar comigo e me trocasse por outras meninas. Seria totalmente estranho, e eu não ia gostar nem um pouco. E agora aqui estava eu fazendo a mesma coisa que Callie.

Katie não estava tentando ser a polícia da amizade: ela só não queria perder outra amiga (vocês já devem ter percebido isso, mas o que posso dizer? Só agora caiu a ficha). Quando o sinal tocou, fui conversar com Katie enquanto ela saía do refeitório.

– Como foi o seu almoço? – ela me perguntou, e notei que ela não estava olhando diretamente para mim.

– Bem – respondi. – Mas, sabe, não é uma coisa permanente nem nada. Amanhã tudo volta ao normal.

– Legal – ela disse.

Não sei se isso a fez sentir-se melhor, mas espero que sim. Katie era uma das coisas mais legais da escola, e eu não queria perdê-la como amiga.

Capítulo 12

Não se misturam

Naquela noite, jantamos todos ao mesmo tempo: minha mãe, Eddie, Dan e eu. Isso não acontece com frequência por causa do trabalho do Eddie, das reuniões da minha mãe e dos jogos de basquete do Dan. Eu ainda estava me sentindo meio mal por ter surtado na frente do Eddie, mas ele não falou nada sobre isso; como sempre, ele estava de bom humor.

– Hummm, está delicioso, Sara – ele falou, engolindo um bocado da comida. – Como é o nome disso mesmo?

– Frango à *piccata* – respondeu minha mãe. – *Piccata* significa "com banha" em italiano, mas não tem banha aqui, só um molho de manteiga com suco de limão.

– O que são essas coisas redondinhas e firmes? – perguntou Dan.

– Alcaparras – minha mãe respondeu. – É uma florzinha em conserva.

– Têm um gosto estranho – falou Dan –, mas o frango está muito bom.

– Eu sempre tiro as alcaparras – eu disse, e aí me dei conta: estava concordando com Dan. Duplamente estranho!

– Bom, eu adorei, com alcaparras e tudo – Eddie falou, dando outra garfada.

Minha mãe pousou o garfo e sorriu para nós.

– Então, tenho boas notícias. Para lançar minha nova empresa, vou organizar um desfile aqui na cidade!

– Que notícia maravilhosa, querida! – disse Eddie. – Quando vai ser?

– Daqui duas semanas – minha mãe respondeu. – Sim, não é muito tempo, mas fiz amizade com uma mulher que tem um grande salão no centro da cidade, e eles têm um dia vago, e o espaço é incrível... não pude resistir.

– Quero ajudar! – me ofereci.

– Estava esperando que ajudasse mesmo – disse minha mãe –, principalmente nos bastidores, arrumando as modelos. Mas também vou precisar da ajuda do Clube do Cupcake.

– Sério?

– Sério – minha mãe falou. – O desfile vai ser num domingo, então vocês terão o sábado inteiro para fazer os cupcakes, e vão precisar do tempo: vou querer oito dúzias de cupcakes.

– Se fizermos aqui, podemos fazer quatro dúzias de cada vez – falei, pensando rápido. – Isso dá cerca de quatro a seis horas no total. Podemos fazer isso em um dia.

– Ótima conta, Mia! – disse Eddie, e eu sorri. Ele às vezes me ajuda com as tarefas de Matemática.

– O tema do desfile vai ser "como deixar um visual especial com peças-chave e acessórios" – disse minha mãe. – Por isso, vocês poderão usar essa ideia para os seus cupcakes. Vou pagar os ingredientes e mais um dólar por cada cupcake. Que tal?

– Preciso contar às outras meninas, mas tenho certeza de que não haverá problema – falei. Estava começando a ficar empolgada. – Vai ser muito divertido.

Depois do jantar, peguei meu celular e mandei mensagens para Katie, Emma e Alexis ao mesmo tempo.

`Minha mãe tem um grande trabalho para nós! Precisamos nos falar no almoço amanhã.`

`Legal!`, respondeu Katie.

`Mal posso esperar!`, escreveu Emma.

`Espero que ela não peça de limão hehe`, foi a resposta da Alexis.

Outra mensagem chegou. Achei que era de alguém do Clube do Cupcake, mas era da Sydney.

`Almoço amanhã?`

Não posso, respondi. Quem sabe na próxima. Mas obrigada!

Eu sabia que isso significava que provavelmente nunca mais seria convidada a me sentar com o CMP de novo, mas não podia me preocupar com isso agora. O Clube do Cupcake tinha muita coisa para planejar!

No dia seguinte, no almoço, fomos direto ao assunto. Alexis estava com seu caderno, é claro, e Katie tinha levado um livro cheio de receitas de cupcake. Contei os detalhes que sabia: o valor que minha mãe nos pagaria, que teríamos o sábado todo para fazer os cupcakes e o lance de "deixar o guarda-roupa especial" como tema.

– Há muitas receitas de cupcakes especiais aqui – disse Katie folheando o livro. – Como cupcakes de abobrinha ou chocolate picante, ou chá e especiarias, ou maçã...

– Dá para escolher só um? – pensou Emma, em voz alta.

– Talvez não seja necessário – falou Alexis. – Vamos fazer duas fornadas mesmo. Pode até ser melhor fazer dois sabores.

– É uma ótima ideia – eu disse. – Assim, se alguém não gostar de um sabor, pode escolher o outro.

Alexis olhou para o seu caderno e franziu o rosto.

– Temos tanta coisa para fazer. Temos que pensar no sabor, na lista de ingredientes e em como decorar.

– Provavelmente vamos ter que pensar na apresentação deles também – falei. – Vai ser um evento bem chique. Não podemos simplesmente colocá-los em pratos de papel.

Katie parecia empolgada.

– Vi um programa na TV em que os cupcakes eram feitos para uma festa, em um parque de diversões, e eles foram servidos em cima de um suporte que parecia uma montanha-russa.

– Então, você acha que devemos fazer uma montanha-russa? – perguntou Alexis.

– Claro que não – Katie falou. – Mas aposto como podemos inventar uma coisa tão legal quanto essa.

– Vamos nos encontrar neste fim de semana – falei, e depois lembrei. – Ah, esperem, não posso. Vou para a casa do meu pai neste fim de semana.

– Que tal amanhã depois da aula? – sugeriu Katie. – Minha mãe chega cedo às quartas. Podemos nos reunir na minha casa.

– Seria ótimo – eu disse. Alexis e Emma concordaram.

Depois do almoço, Callie veio até mim no corredor.

– Ei, vamos ao shopping depois da aula – disse ela. – A mãe da Maggie vai nos levar. Quer vir conosco?

– Claro – respondi. – Preciso ir lá mesmo. Minha mãe vai fazer um grande desfile daqui a algumas semanas, e eu vou ajudar a arrumar as modelos.

Eu ainda não tinha contado à Katie e às outras sobre isso, mas fiquei muito empolgada ao conversar com Callie.

– Uau, parece muito legal – Callie disse. – Nunca fui a um desfile antes, sempre quis ir. Aposto como Sydney também adoraria.

Quase deixei escapar para Callie que ela e o CMP podiam ir, mas me segurei. Era o desfile da minha mãe para a empresa dela, e eu não sabia se ela teria ingressos extras ou não. Além do mais, mesmo que fosse um desfile de moda, ainda era um negócio do Clube do Cupcake, né? E uma coisa que pensei foi que o CMP e o Clube do Cupcake não se misturam.

– É, é legal demais ver ao vivo – eu disse. Não quis prometer nada à Callie; eu ainda tinha que pensar.

Capítulo 13

General Sydney

Depois da aula, mandei uma mensagem para minha mãe perguntando se podia ir ao shopping com Callie e o resto das meninas. Ela me fez conseguir o telefone da mãe da Maggie para confirmar que um adulto estava indo com a gente. Mas depois ela disse que não tinha problema. Percebi que eu estava meio nervosa quando a mãe da Maggie chegou na minivan azul. Antes, eu só encontrava o CMP no shopping por acaso, mas agora estava indo com elas, como parte do grupo. Nunca tinha ficado nervosa ao sair com amigas na minha vida. Por que agora era diferente?

Subi na van. Maggie se sentou na frente com a mãe, Sydney e Bella ficaram na segunda fila, Callie e eu nos sentamos no fundo. Não vi um farelo nem uma partícula de sujeira sequer, e tudo tinha cheiro de baunilha. A mãe da Maggie tinha cabelo castanho como o da Maggie, mas o dela era superliso. Ela usava óculos de sol enormes que ocupavam metade do rosto. Sei que as celebridades usam esses óculos grandes, mas, quando vejo em uma pessoa comum, sempre me lembram insetos.

– Mia, falei com a sua mãe por telefone – disse a sra. Rodriguez, olhando para mim pelo retrovisor. – Que mulher adorável.

– Obrigada – falei.

Callie se inclinou para frente.

– A mãe da Mia vai fazer um desfile de moda para a nova empresa dela! Dá para acreditar?

Maggie se virou tão rápido que achei que a cabeça dela fosse voar.

– Uuuh, um desfile de verdade! Quando vai ser? Onde vai ser? Damien Francis vai estar lá?

– É daqui duas semanas, no salão que tem lá no centro da cidade – respondi. – Ainda não sei quem vai. Tudo está acontecendo muito rápido.

Maggie, Bella e Callie começaram um burburinho de empolgação.

– Que tipo de roupas será que as modelos vão usar? – Bella indagou.

– E onde ela vai pegar as modelos? Aqui na cidade? – perguntou Maggie. – Uh, talvez haja um concurso de modelos.

– Eu adoraria tirar fotos durante o desfile – disse Callie.

Sydney foi a única que ficou calma, mas, quando a conversa morreu, ela se virou e olhou bem para mim.

– É claro que podemos ir com você, não é?

E é claro que eu não sabia o que dizer.

– Hã, não tenho certeza – falei. – Vou estar nos bastidores ajudando minha mãe, então...

– Mas ela deve ter ingressos extras para dar – insistiu Sydney. – Poderíamos ir, mesmo que você esteja nos bastidores.

– Vou ter que perguntar para ela – falei com sinceridade. – Não sei quantos ingressos ela tem.

– Bem, tudo isso parece muito emocionante – disse a mãe da Maggie enquanto parava no shopping. – Bom, venho buscá-las às cinco. Onde nos encontramos?

– Vamos estar na loja de smoothies às cinco – disse Sydney. Achei meio interessante Sydney ter respondido, e não Maggie. – Temos que ir à Forever Young primeiro – Sydney falou enquanto entrávamos. – Vi uns vestidos no site deles que preciso experimentar.

Para mim, não tinha problema. As roupas da Forever Young eram muito bonitinhas. Mas a *dance music* que toca lá é muito alta, por isso é difícil conversar.

Depois de uns vinte minutos lá dentro, eu já queria ir embora, mas Sydney estava provando vestidos sem parar. Reparei que Maggie e Bella sempre falavam as mesmas coisas: "Esse aí é maravilhoso!", "Você está tããão bonita!", "Você *tem* que comprar esse!". Callie e eu, certamente, éramos mais sinceras. Por exemplo, achei o vestido azul com saia bufante curto demais, por isso falei. Sydney se olhou no espelho.

– Uau, você tem razão, Mia.

– Esse é curto demais – Maggie rapidamente concordou.

– Com certeza – acrescentou Bella.

Por fim, saímos da Forever Young. Subimos até o segundo andar, e vi o letreiro da Icon, que, como sabem, é a minha loja preferida.

– Acho que estão com casacos novos – falei, indo até a porta.

Sydney agarrou meu braço.

– Não podemos entrar aí. É terça-feira.

Fiquei confusa.

– E daí?

– Terça é o dia em que uma vendedora chamada Denise trabalha aí – explicou Maggie pela Sydney. – Ela é, tipo, muito grossa. Uma vez, Sydney queria levar dez peças para o provador, e ela falou, tipo: "Desculpa, é política da loja". Dá para imaginar? Tipo, qual é problema?

– Ah – falei. – Tudo bem.

Mas parecia um motivo bobo para não entrar na loja.

– Vamos na Monica agora – falou Sydney. Aí, ela caminhou até a loja sem ver se as outras tinham gostado da ideia. Seguimos logo atrás. Por um instante, imaginei Sydney num uniforme de general, liderando a tropa.

Na loja Monica são vendidos acessórios, como bijuterias, faixas para cabelo, presilhas, bolsas e coisas desse tipo. Fiquei contente por estarmos ali, porque poderia conseguir umas ideias para o desfile. Achei uma boina vermelha bonitinha e coloquei um broche de strass nela. Dei para Callie.

– Coloque essa boina. Quero tirar uma foto.

A Callie colocou.

– Espere aí. Vou dar meu olhar de modelo.

Ela pendeu a cabeça para o lado e fez uma cara poderosa, como uma modelo de revista. Eu dei risada.

– Perfeito! – eu disse, tirando fotos com meu celular.

Depois, comecei a olhar os colares. Vi umas gargantilhas legais e algumas correntes compridas com pedras diferentes. Comecei a imaginar como as gargantilhas e as correntes ficariam juntas, por isso fui até a Maggie e as coloquei em volta do pescoço dela.

– Ui, que lindo! – disse Maggie.

– Tudo bem, fique parada – falei. Maggie sorriu enquanto eu tirava mais algumas fotos.

Eu estava me divertindo de verdade. Estava olhando as bolsas quando Sydney falou em voz alta.

– Já terminei. Vamos para a Basic Blue.

– Não podemos ficar mais um pouco? – perguntei. Sydney foi firme.

– A mãe da Maggie vai nos buscar às cinco, lembra? Não quero passar nosso tempo inteiro em um só lugar.

Mas só se passaram quinze minutos!, eu quis dizer. *E você passou, tipo, uma hora na Forever Young!* Mas, de certa forma, eu sabia que era inútil discutir com a Sydney.

Por isso, fomos todas para a Blue Basics, e eu fiquei entediada porque já tinha ido lá no sábado. Dessa vez, eu e Callie ficamos conversando, enquanto Maggie e Bella babavam ovo nas roupas da

Sydney. Descobri que Callie tem um irmão mais velho na faculdade e que entrou para o CMP quando estava no acampamento de verão. Contei tudo sobre minha amiga Ava e o apartamento do meu pai em Nova York. É muito fácil conversar com ela.

Então, Sydney apareceu na nossa frente.

— Estamos indo para o Smoothies do Sal — informou.

O Smoothies do Sal é bem popular na cidade: há uma loja no centro e outra no shopping. Entramos na fila para fazer nossos pedidos.

— Vamos querer cinco smoothies de pêssego com gengibre — disse Sydney para a moça no balcão.

Cinco?

— Dá para fazer o meu de manga e maracujá, por favor? — pedi para a balconista.

Sydney olhou para mim.

— Sempre pedimos pêssego com gengibre.

— Gosto de gengibre no meu sushi — falei —, mas não no meu smoothie. É estranho.

— Então, quatro de pêssego com gengibre e um de manga com maracujá? — perguntou a moça.

Sydney não respondeu.

– Sim – eu disse.

Fiquei meio quieta quando nos sentamos para beber nossos smoothies. Para ser sincera, o autoritarismo da Sydney estava me dando nos nervos. Comecei a pensar nas minhas outras amigas do Clube do Cupcake. Alexis pode ser meio mandona, eu acho, mas só porque está tentando organizar coisas complicadas, como agendas e gastos. E ela nunca é má. Depois, tem a Katie. Quando se trata de receitas e tal, ela geralmente tem as ideias primeiro. Por isso, ela é como uma líder nesse sentido. Mas ela sempre está interessada em ouvir as ideias das outras também. Tentei imaginar Katie em um uniforme de general, dando ordens para todo mundo na cozinha: "Quebre esses ovos agora! Meça a quantidade daquele leite! Peneire a farinha!". Mas não consegui.

Sydney, por outro lado... bem, ela era assim. Minha mãe sempre diz que não se pode esperar que as pessoas mudem: ou a gente aceita como elas são ou se afasta. Eu não tinha certeza de como me sentia exatamente. Gostava de andar com o CMP, principalmente com a Callie, e de experimentar roupas e falar sobre moda, mas não gostava nem um pouco do autoritarismo da Sydney. Por que as coisas sempre têm que ser tão complicadas?

Capítulo 14

Uma tarde de especiarias

No dia seguinte, depois da aula, tive uma experiência completamente diferente. Desci do ônibus com Katie para a reunião do Clube do Cupcake. Katie mora em uma casinha branca. Há flores laranjas plantadas em vasos nos dois lados da porta de entrada. Quando entramos, a mãe dela gritou da cozinha:

– Olá! – disse ela alegremente. – Como foi a aula hoje?

– Bem – respondeu Katie. – A não ser que se inclua o teste mortal diário da sra. Moore.

A sra. Brown estava balançando a cabeça quando entramos na cozinha.

– Ela não é tão má assim, é?

– Ah, é, sim – disse Katie. – Não é, Mia?

– É verdade – concordei. – Mas ela comprou um cupcake da gente no evento beneficente, então talvez não seja *totalmente* má.

Katie suspirou.

– Talvez não.

– Então, comprei todos os ingredientes para o seu primeiro teste – disse a sra. Brown.

Ela é parecida com Katie. As duas têm cabelo e olhos castanhos iguais, só que Katie tem o cabelo comprido e o da sra. Brown bate no ombro. A sra. Brown está sempre com o jaleco de dentista ou um avental; por isso, não é difícil saber do que ela gosta.

– Gostei da ideia de fazer cupcakes com especiarias. Muito inteligente – ela disse.

A mesa da cozinha da Katie estava cheia de tudo de que precisávamos para fazer os cupcakes. A cozinha é sempre muito divertida. As paredes são amarelas e há um pote de biscoitos muito bonitinho em forma de maçã, e saleiro e pimenteiro que pareciam dois passarinhos azuis dentro de um ninho.

A campainha tocou, e Katie correu à porta para atender. Ela voltou com Alexis e Emma.

– Uau, temos muito a fazer – disse Alexis, olhando para todos os ingredientes. – Ainda tenho que calcular os gastos para tudo, e precisamos pensar na apresentação.

– Você pode calcular os gastos enquanto misturamos – sugeriu Katie. – E podemos conversar sobre a apresentação enquanto os cupcakes estiverem esfriando.

– Pode ser! – concordou Alexis. Ela se sentou na mesa e abriu seu caderno.

Katie, Emma e eu começamos a trabalhar nos cupcakes de maçã com especiarias, que resolvemos testar primeiro. Usamos maçã, canela e noz-moscada na massa, e a cozinha logo foi tomada por um cheiro fantástico. Alexis terminou seu cálculo quando os cupcakes estavam no forno, por isso tivemos oportunidade de conversar enquanto lavávamos a louça e trabalhávamos na cobertura.

– Mia, você acha que pode decorar os cupcakes por 25 centavos cada? – Alexis me perguntou.

– Claro – respondi. – Estive olhando um monte de coisas diferentes na internet e são todas mais baratas do que as flores de açúcar.

– Ótimo – disse Alexis. – Então, desta vez, devemos ter lucro.

Franzi um pouco a cara e olhei para Alexis, mas ela estava escrevendo os números. Será que ela deu uma indireta sobre o meu último erro?

– Legal – falou Katie. – Agora só temos que descobrir como vamos servir.

– Estava pensando nisso – eu disse. – Talvez fosse legal ter uma coisa mais alta na mesa, para que as pessoas pudessem enxergar de longe. Também seria mais fácil de pegar.

Fui até a mesa.

– Alexis, posso pegar uma folha do seu caderno?

Ela fez que sim, e comecei a rascunhar minha ideia: um suporte com um prato redondo embaixo, outro prato uns 25 centímetros acima e um terceiro prato cerca de 30 centímetros depois. Katie, Alexis e Emma se juntaram-se ao meu redor enquanto eu rascunhava.

– Muito legal – disse Katie. – Acho que vamos precisar de dois desses para que caibam todas as oito dúzias de cupcakes.

– São legais – concordou a Alexis. – Mas como vamos fabricá-los?

– Meu pai e eu fazemos coisas o tempo todo – falou Emma. – Ele tem muita madeira sobrando na garagem, e sei que temos suportes de madeira que poderíamos usar.

– Seria muito legal! – falei. – Estava pensando em pintá-los de vermelho, mas vou ver com minha mãe hoje à noite e informar-lhes no almoço amanhã.

– Por falar nisso – disse Alexis –, não cheguei a te perguntar como foi seu almoço com o CMP. A Sydney passou o tempo todo falando mal de todo mundo da escola?

Lembrei-me do que Sydney disse sobre Sophie.

– Bem, nem todo mundo – respondi. – Mas basicamente conversamos sobre coisas normais, como os testes de Matemática da sra. Moore, irmãos e irmãs. Não foi muito diferente das coisas sobre as quais falamos.

– Claro, porque somos *muito* parecidas – disse Alexis com sarcasmo. – Vou acreditar nisso quando Emma aparecer na escola vestida de vampiro e Katie pintar o cabelo de loiro.

– Agora você está começando a soar como a Sydney – falou a Emma.

Alexis corou.

– Desculpem-me. Aquelas meninas me incomodam, só isso. Sobrevivi três anos da tortura delas no acampamento de verão. É difícil superar.

– Não acho que ser loira é o problema da Sydney – acrescentei.

– Claro. A cor do cabelo não tem nada a ver com a personalidade – disse a loira Emma.

– Tudo bem, tudo bem, vou deixar para lá – falou a Alexis. – Não é hora de colocar a cobertura nesses cupcakes?

Começamos a colocar a cobertura de baunilha com canela nos cupcakes. Passamos a cobertura com uma faca especial que a sra. Brown usa, que faz a superfície ficar lisa e brilhosa.

— Sabem, estive pensando — falei. — Já vi em alguns dos livros da Katie: que tal colocar a cobertura dentro de um saco de confeiteiro e depois decorar o cupcake? Dá para trabalhar floreios e pontinhos, coisas assim.

— Minha mãe tem sacos de confeiteiro — disse Katie rapidamente. Ela correu para a grande despensa e saiu com sacos plásticos em forma de triângulo e dois bicos de metal. Aí, ela nos mostrou como encaixar o bico no saco para que fique na ponta do triângulo. Depois enchemos o saco com cobertura.

— Então, a gente empurra a cobertura de cima para baixo, espremendo — explicou Katie. Ela aplicou um pouco em cima de um dos cupcakes, fazendo uma voltinha. Ficaram bem legais.

— Posso tentar? — perguntei.

Tentei espremer um pouco, mas usei muita força da primeira vez e saiu uma gororoba.

— Só uma espremidinha — falou Katie, e tentei de novo.

Dessa vez, fui melhor, e saiu uma quantidade perfeita de cobertura branca, que usei para cobrir a superfície do cupcake com formatos de círculos e ficou bem legal também.

– Temos que fazer esse para o desfile no sábado – disse Emma, e todas concordaram.

– Mas você quis dizer no domingo – falou Alexis.

– Domingo! – gritou Emma. – Achei que era sábado. O Sam tem um grande torneio de basquete no domingo e vamos viajar para outra cidade para torcer por ele.

– Tudo bem, Emma – falei, achando que Dan provavelmente estaria lá também. Mas Eddie iria para o desfile. Quem torceria pelo Dan?

– Ugh, irmãos! – disse Emma, encolhendo os ombros para mim. – Prometem que vão tirar fotos e me mandar para que eu saiba como estão indo?

– Claro – eu falei.

– E o suporte? – perguntou Alexis.

– Vou garantir que esteja pronto no sábado – disse Emma. – Podemos trabalhar nele neste fim de semana.

Logo, todos os cupcakes estavam prontos. Como era quase hora de jantar, tiramos a forma de papel de um deles e cortamos em quatro partes.

– Hummm, muito bom – disse Alexis.

– Acho que precisa de mais noz-moscada – falou Katie.

Concordei com a cabeça.

– Com certeza. Estão bons, mas precisam de mais tempero. Aí, vão ficar *maravilhosos*.

Nessa hora, Eddie chegou para me levar para casa. Eu fiquei com uma caixinha com nossos cupcakes experimentais para comer mais tarde como sobremesa.

– Você se divertiu? – perguntou Eddie quando entrei no carro.

– Foi fantástico demais – contei. – Os cupcakes ficaram ótimos. Vamos fazer um suporte lindo, que minha mãe vai adorar, e experimentamos uma nova técnica de colocar a cobertura.

– Que ótimo – disse Eddie. – Aposto como vocês vão se divertir muito no desfile.

A observação do Eddie me lembrou de uma coisa: o CMP queria ir também. Ainda não tinha pensado no que fazer em relação a isso, mas sabia que não dava para adiar por muito tempo. Teria que resolver isso logo e esperar que nenhuma delas ficasse magoada.

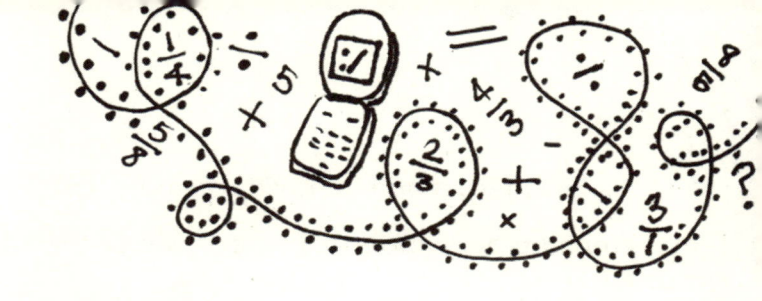

Capítulo 15

É complicado

Na sexta-feira, peguei o trem para ir visitar meu pai, como sempre. Fomos ao Tokyo 16 e depois assistimos a um filme quando chegamos em casa.

Na manhã seguinte, meu pai fez omelete e torrada. Comemos sentados nos bancos altos que ficam na bancada que separa a cozinha da sala de estar. O apartamento do meu pai é grande para o padrão de Manhattan, mas o lugar é bem pequeno, se comparado a uma casa numa cidade vizinha. Tudo na cozinha e na sala era preto, prateado ou de vidro. O quarto do meu pai também era assim. A única parte colorida da casa era o rosa do meu quarto parisiense.

– Então, o que vamos fazer hoje, *mija*? – perguntou meu pai depois de comer. – Vai ao jogo de futebol da Ava?

– Tenho que fazer um grande projeto de Estudos Sociais – respondi. Sei que não falei sobre isso, mas, além de ir ao shopping e fazer cupcakes, tenho feito muita tarefa de casa. Parece que tenho mais tarefas agora do que na minha antiga escola. – Não sei se poderei ver a Ava neste fim de semana.

– Por que não a convidamos para jantar hoje à noite? – sugeriu meu pai. – Sei que ela adora o frango que faço.

– E a Alina? – perguntei. – Vamos voltar a vê-la?

– Não sei se vou continuar saindo com a Alina – disse meu pai. – Ela e eu não temos tanta coisa em comum como eu pensava.

– Humm, que pena – falei. O que realmente quis dizer foi: *Eba! Não vou ter uma nova madrasta! E nossas paredes também estão seguras!* Mas eu não quis magoar meu pai. Peguei meu prato e o coloquei na lava-louças.

– Vou mandar uma mensagem para Ava sobre o jantar. Depois, tenho que começar meu projeto.

Tenho que fazer um mapa comparativo mostrando os países mais populosos do mundo. Deve ter legenda e tudo mais.

– Bom, isso tem a ver comigo – disse meu pai. Ele é um arquiteto que ajuda a projetar prédios comerciais. Meu pai tinha um grande rolo de papel que eu podia usar para o mapa e até me deixou usar seu conjunto especial de lápis de cor que sempre me deixava babando.

Levei a tarde toda para terminar o mapa, mas, quando ficou pronto, estava ótimo. O sr. Insley, meu professor de Estudos Sociais, teria que me dar nota dez, eu já estava prevendo. As coisas melhoraram ainda mais quando Ava chegou. Meu pai fez o frango com molho de tomate, como havia prometido, e conversamos e rimos no jantar.

Depois de comer, Ava e eu fomos até meu quarto para ouvir música. Deitamo-nos no chão, e Ava pegou meu caderno de desenhos e começou a folheá-lo.

– Seus desenhos estão ótimos, Mia – disse Ava, virando as páginas. – Gostei muito do xadrez misturado com a estampa florida.

— Obrigada! — falei para Ava, que sempre foi minha maior fã.

Meu celular bipou, e eu o abri. Era uma mensagem da Sydney.

Quer vir à minha casa na segunda?

— Quem é? — Ava perguntou.

— É Sydney — respondi. — Ela quer que eu vá à casa dela na segunda.

— Sydney? Não me lembro de você ter falado nela. Ela é do Clube do Cupcake?

— Não — falei, posicionando uma almofada fofa rosa na lateral da cama e me recostando nela. — É complicado. A Sydney formou um clube, que ela chama de Clube das Meninas Populares.

Ava revirou os olhos.

— Sério?

— Eu sei, mas as meninas desse clube são basicamente bem legais — expliquei. — E adoram ir ao shopping comigo e falar sobre moda. Nenhuma das minhas amigas do Clube do Cupcake gostam disso.

– Então por que é complicado? – perguntou Ava. – Você não pode simplesmente ser amiga de todo mundo?

– Não é tão fácil assim – falei. – É que a Katie era a melhor amiga da Callie, que largou a Katie para entrar para o CMP. E a Alexis meio que odeia a Sydney, porque a Sydney a trata muito mal, e a Emma... acho que ela não gosta delas porque fica do lado da Alexis.

– É, as coisas ficam complicadas na segunda metade do ensino fundamental – Ava disse, fechando o caderno e se sentando. – Como nossas amigas do time de futebol. Eu as adoro, mas também sou amiga das meninas da minha aula de dança. E não andamos todas juntas.

– Mas é diferente – falei. – As meninas do futebol e da aula de dança não são inimigas.

– Talvez não, mas sempre me sinto dividida. Então você vai à casa da Sydney? – Ava perguntou.

Rapidamente olhei a agenda que tenho no telefone.

– Não importa se eu quero ou não, porque tenho uma grande prova de Matemática na terça.

Respondi à mensagem da Sydney.

Tenho prova de Matemática na terça. Tenho que estudar.

Eu não estava esperando uma resposta dela.

Podemos estudar juntas.

Tem certeza?, perguntei. É um prova importante.

Sydney respondeu:

Quer vir ou não?

Ava estava espiando por cima do meu ombro.
– Vá e pronto. Qual é o problema?
Suspirei.

OK. Te vejo na segunda.

– Era mais fácil quando eu morava aqui – falei, deitando-me de novo.

— Bem, se você acha que é fácil para mim viver aqui, está enganada – contou Ava. – Tenho que atravessar a cidade para chegar à escola, isso leva uma eternidade. Mal conheço as pessoas. Você já tem, tipo, umas cem amigas. Tem sorte.

Pensei nisso. Talvez ela tivesse razão. Acho que prefiro ter amigas demais a não ter nenhuma, embora as coisas possam ficar bem confusas. Mas isso não facilitou as coisas na segunda, quando sabia que veria Katie na saída da escola. Ela estava esperando pela Joanne nos degraus da entrada, como fazia sempre (eu quis lhe contar durante o almoço, mas não consegui).

— Oi! – falou Katie. – Joanne está atrasada hoje. Queria que minha mãe simplesmente me deixasse pegar o ônibus com você.

— Hã, não vou pegar o ônibus hoje – eu disse. – Vou à casa da Sydney estudar.

Katie pareceu magoada, mas, como de costume, tentou agir como se não estivesse. Nesse momento, o carro vermelho da Joanne parou lá na rua.

– Tudo bem, legal – ela disse. – Te vejo amanhã.

Eu me senti meio mal. Depois ouvi Sydney me chamando.

– Mia!

Sydney estava no canto com Bella e Callie. Corri até elas.

– Oi – falei. – Cadê a Maggie?

– Ela tem aula de balé nas segundas – respondeu Sydney. – A mãe dela acha que vai deixá-la mais graciosa.

Bella riu.

– Fui à última apresentação dela. Pobre Maggie, ela não tem salvação!

Essa era a diferença entre o CMP e o Clube do Cupcake: no Clube do Cupcake, ninguém fala mal de ninguém pelas costas.

– Sempre quis ter aulas de dança – falou Callie –, mas sempre tive medo de não ser boa nisso.

– Gosto de dançar por diversão – eu disse –, como nas festas na casa da minha tia: tocamos música e todo mundo dança, na cozinha, na varanda, em todo lugar.

— Você já foi dançar nas baladas de Nova York? — perguntou Bella.

— Não — respondi. — A gente tem que ter mais idade para fazer isso.

Bella parecia decepcionada.

— Então, vocês vão estudar conosco? — perguntei para Bella e Callie.

— Minha mãe vai me levar ao oculista — disse Callie. — E depois vou estudar, hoje à noite.

— E eu tenho... outras coisas para fazer — falou Bella, meio nervosa. Sydney estava olhando para ela. Tive a sensação de que talvez Sydney tivesse ordenado que Bella não ficasse com a gente.

A casa da Callie era a primeira no caminho para casa, e Bella morava alguns quarteirões depois. Aí, sobramos eu e Sydney. Conversamos sobre o novo filme estrelado pela Ann Harrison, que seria lançado no fim de semana. Achávamos que ela era linda e muito talentosa.

Enfim, chegamos a um quarteirão com muitas casas antigas, como aquela em que Emma mora. Mas uma delas parecia novinha em folha. Tinha o dobro da altura e era feita de tijolos marrons lisos. Havia uma grande janela acima da porta de entrada e era possível ver um grande candelabro brilhando. Vocês provavelmente já adivinharam que era a casa da Sydney. Ela pegou uma chave do chaveiro que ficava na mochila, destrancou a porta e a abriu.

– Magda! Queremos duas limonadas gasosas, por favor! – gritou Sydney.

Passamos pelo grande corredor da frente (acho que se chama *hall* de entrada, né?) até uma sala de jantar que tinha uma mesa de madeira reluzente. Tinha outro candelabro menor pendurado nessa sala. Havia um grande armário com portas de vidro que guardava pratos e copos chiques. O lugar inteiro era impecavelmente limpo.

Sydney largou sua mochila em cima da mesa e se sentou. Eu me sentei do outro lado da mesa, bem na hora em que uma mulher magra, com cabelo loiro preso, entrou carregando dois copos de limonada. Sem dizer nada, ela os colocou em cima da mesa, na nossa frente.

– Obrigada – falei, mas a Magda saiu rápido, sem responder.

– Ela não fala muito – informou Sydney. – A última empregada que tivemos só falava e falava e falava. Minha mãe não aguentava mais, por isso tivemos que trocar.

Abri minha mochila e tirei meu livro de Matemática.

– Odeio muito dividir frações – eu disse. – Nunca fez sentido nenhum para mim. Por que a gente tem que virar os números de cabeça para baixo? Para que serve isso?

Sydney tomou um gole da limonada.

– É, eu sei. Então, me fale do desfile da sua mãe. Ela já escolheu os estilistas?

– Acho que sim – falei. – Temos que ver isso hoje à noite. Fiquei na casa do meu pai o fim de semana inteiro, por isso ainda não tivemos oportunidade de nos falar.

– Já volto – Sydney disse. Ela voltou um minuto depois carregando um notebook.

Tudo bem, pensei. *Vamos começar a estudar.* Ela digitou uma coisa, virou a tela para mim e me mostrou uma imagem de uma modelo com um casaco vermelho comprido.

– É perfeito para o inverno, né? – falou.

– É legal – concordei –, mas temos que estudar Matemática agora, não é?

– Mais um minuto – disse Sydney. – Temos que ver o site da *Fashionista* antes. Eles estão com uma reportagem enorme sobre a Ann Harrison e todos os diferentes estilos dela. Você tem que ver!

Eu estava de saco cheio do autoritarismo da Sydney. Eu realmente queria estudar para a minha prova de Matemática para que pudesse conversar sobre o desfile com a minha mãe mais tarde. Por isso, falei uma coisa que normalmente não falaria. Coloquei o livro de volta na mochila e me levantei.

– Olhe, Sydney, obrigada por me convidar para vir à sua casa e tal, mas realmente tenho que estudar.

– Mas vai levar só, tipo, cinco minutos para ler a folha de revisão – disse Sydney.

– Talvez você precise de apenas cinco minutos, mas eu preciso de mais tempo – falei. – Sinto muito, muito mesmo.

– Está bem, que seja – Sydney disse de um jeito aborrecido. Ótimo. Agora eu tinha magoado duas amigas no mesmo dia.

Enquanto caminhava até minha casa, percebi que eu estava no bairro onde Alexis e Emma moravam. Olhei a hora no meu celular e vi que não eram nem três e meia da tarde ainda. Então, andei até a casa da Alexis e bati à porta. Alexis pareceu surpresa em me ver.

– Oi, Mia. O que está fazendo aqui?

– Bem, eu estava passando pelo bairro e pensei se poderíamos estudar para a prova de Matemática juntas – falei.

– Claro. Eu estava prestes a começar – Alexis me disse. Ela fez um gesto para eu entrar. – Mãe! A Mia está aqui! Vamos estudar Matemática! – gritou. Ela me levou até a cozinha, que estava impecavelmente limpa e muito, muito branca. Ela já estava com o livro de Matemática e um caderno quadriculado abertos na mesa da cozinha.

A sra. Becker entrou. Ela tem cabelo curto, usa óculos e gosta de usar saias no joelho com sapatos que parecem confortáveis. Adoraria dar uma repaginada no visual dela um dia. Ela é naturalmente bonita, mas, com uma repaginada, poderia se tornar uma mãe muito sedutora!

– Que bom te ver, Mia – ela disse. – Tem banana e maçã na bancada se ficar com fome.

– Obrigada, sra. Becker – falei.

Alexis e eu começamos imediatamente. Às quatro e meia da tarde, eu já era quase uma especialista em dividir frações. Sabia até o significado de "recíproca". Incrível.

– Você tinha que se tornar professora – eu disse para Alexis. – Parece que eu realmente estou entendendo esse negócio.

Alexis ficou vermelha.

– É, às vezes, penso nisso. Quer uma banana?

Fiz que sim, e ela foi até a bancada pegar uma banana para cada uma.

– Muito obrigada por estudar comigo – falei enquanto descascava minha banana. – Minha mãe está enlouquecida por causa desse desfile, e temos que nos reunir para conversar sobre isso hoje.

– O que a está enlouquecendo? – perguntou Alexis.

— Tem muita coisa para fazer – falei. – Encomendar comida, organizar os assentos, contratar as modelos, decidir o que cada uma vai usar...

Alexis começou a rabiscar numa folha quadriculada.

— Por que não faz um fluxograma? É o que faço sempre que tenho muita coisa para fazer.

Olhei por cima do ombro dela.

— Isso é muito legal. Posso mostrar para minha mãe?

— Claro – respondeu Alexis. – Ou que tal isso? Posso fazer um em branco no computador e te mandar.

— Minha nossa, seria maravilhoso! – falei. – Alexis, você é demais!

Alexis sorriu.

— Diga-me se precisar de ajuda no desfile, está bem? Não sei nada de moda, mas sou boa em organizar coisas. Posso ficar depois de arrumarmos os cupcakes.

— Obrigada. Vou perguntar para a minha mãe – eu disse.

Enquanto caminhava para casa, pensei em como a Alexis era diferente da Sydney. Se fosse feito um concurso de amizade, Alexis certamente teria vencido hoje. Talvez as coisas não fossem tão complicadas quanto eu pensava.

Capítulo 16

Uma coisa muito importante

Minha mãe ficou empolgadíssima com os fluxogramas que Alexis me mandou por e-mail.

– Foi a Alexis que fez? – ela perguntou, incrédula. – Eu deveria contratar essa menina como minha secretária.

– Ei, achei que *eu* era a sua secretária – falei.

– Você é minha secretária para *moda* número um – prometeu minha mãe. – Mas preciso de alguém que me mantenha organizada.

– Alexis disse que poderia ajudar se você quisesse – eu disse.

– Quem sabe – ela falou. – Mas primeiro a moda! Vou te mostrar as roupas e os acessórios que já consegui.

Minha mãe fez muita coisa durante o fim de semana. No escritório dela, havia duas araras cheias de roupas e algumas caixas de plástico grandes com sapatos, bolsas e joias. Minha mãe e eu passamos duas horas combinando vestidos e casacos, camisetas e saias, calças e blusas, e escolhendo acessórios para cada modelito. Ainda não tínhamos terminado quando o sono bateu.

– Desculpe-me, querida, não me dei conta de que está ficando tarde – disse minha mãe. – Eu termino aqui. Você precisa descansar para a grande prova de Matemática amanhã.

Não sei o que me deixava mais nervosa: a prova de Matemática ou encarar Sydney depois de tê-la abandonado. Mas eu não deveria ter me preocupado. Quando vi Sydney, na primeira aula, ela abriu aquele sorriso dela de comercial de pasta de dente.

– Oi, nerd – ela falou. – Passou a noite acordada se preparando para a prova?

– Não – admiti. – Mas acho que estou preparada.

– Claro que está – disse Sydney. – Depois de ontem, você está me devendo uma. Sente-se conosco no almoço, está bem?

Já estava imaginando a cara de mágoa da Katie se eu topasse, mas era difícil recusar depois de tudo o que aconteceu.

– Está bem, valeu.

Acabei arrasando na prova de Matemática, graças, em parte, à Alexis. Ela foi uma ótima professora. Era isso, ou a Matemática estava começando a fazer sentido. Cheguei cedo ao almoço para falar com Katie. Eu a encontrei perto da entrada.

– Oi, Katie – falei. – Preciso te contar uma coisa.

– Deixe eu adivinhar – disse Katie. – Você vai se sentar com o CMP hoje.

– Acertou – eu falei. – Eu meio que sou obrigada, porque fui meio grossa com a Sydney ontem e saí da casa dela uns cinco minutos depois de ter chegado. Mas não vou mudar de mesa permanentemente nem nada.

Katie não olhou diretamente para mim, e eu sabia que estava chateada. Mas ela não gosta de dizer como está realmente se sentindo.

— Você é a melhor amiga que tive desde que me mudei para cá – falei para ela.

Katie sorriu um pouco.

— Está bem. Divirta-se conversando sobre roupas sem-graça – ela disse, revirando os olhos de um jeito engraçado, e eu sabia que ela estava tirando sarro.

— Valeu – falei. – Te vejo depois.

As meninas do CMP já estavam sentadas quando cheguei à mesa. Maggie foi logo falando:

— Oh, Mia, Mia, Mia! Não me diga que é verdade!

— Diga o quê? – perguntei.

— Minha mãe me falou que os ingressos para o desfile da sua mãe estão esgotados. Mas isso não é verdade, é?

— Talvez... quero dizer, não tenho certeza. Ela não falou nada.

— Mas a gente vai, não é? – perguntou Sydney.

— Ainda tenho que descobrir – falei. Acabei não perguntando para minha mãe na noite passada, porque ainda não sabia o que fazer. Callie mudou de assunto.

— E aí, como foi o teste de Matemática?

Felizmente, ninguém voltou a mencionar o desfile no resto do almoço, e isso foi bom para mim.

Livre da prova de Matemática, pude me concentrar nos cupcakes. Eu não tinha a menor ideia de como decorá-los para o desfile. Depois da aula, fui para o meu quarto e comecei a procurar ideias na internet. Acabei me deparando com uma loja online de artigos de confeitaria. Eles tinham um monte de coisas, e duas delas me chamaram a atenção. Havia uns docinhos de gengibre que ficariam como joias em cima de cupcakes de chocolate. Também havia açúcar sabor canela que parecia purpurina. Ficaria muito legal em cima da cobertura branca dos cupcakes de maçã e perfeita para o tema de especiarias. Mas já era terça, e não tinha jeito de chegar a tempo se eu fizesse o pedido – pelo menos foi o que pensei. Quando olhei a página de contato, vi que a loja ficava em Springfield, na cidade ao lado!

Desci as escadas correndo o mais rápido possível. Dan estava na mesa da cozinha fazendo tarefa de casa, e minha mãe estava picando vegetais para o jantar.

– Mãe, achei uma loja de artigos de confeitaria muito legal em Springfield – falei. – Tem os enfeites perfeitos para os cupcakes do seu desfile. Pode me levar lá hoje? Eles ficam abertos até as oito.

– Oh, querida, tenho que ir até o salão hoje para organizar o espaço – disse minha mãe. – Desculpe-me. Sei que o Eddie te levaria, mas ele vai trabalhar até tarde hoje.

Dan tirou os olhos do livro.

– Eu te levo – ele falou.

Fiquei surpresa.

– Sério? Você não se importa?

Dan fez que não.

– Podemos ir depois do jantar.

Minha mãe abriu um grande sorriso para ele.

– Dan, que gentileza sua. Obrigada!

Então, logo após o jantar, eu estava indo de carro para a Bolos Sensacionais no carro esportivo vermelho do Dan, que tinha sido do tio dele. Ele o vinha usando desde que tirou a carteira, um mês antes. Tenho certeza de que foi por isso que resolveu me levar. Porém, durante o trajeto, descobri que havia outro motivo.

– Desculpe-me por ter estragado sua camisa – ele disse. – Não foi de propósito. Estou acostumado a socar todo o cesto da lavanderia dentro da máquina. É que tudo está... diferente agora.

Ele não parecia bravo nem triste quando disse essa última frase, mas o jeito como disse me fez pensar de novo que devia ser estranho para ele também. Acho que todos nós estávamos nos adaptando às mudanças.

– Tudo bem – falei. – É só uma camisa.

Não levamos muito tempo para chegar a Springfield.

– Você tem que virar à esquerda até a rua Principal – eu disse ao Dan.

Ele desacelerou e ligou o pisca.

– Ei, eu conheço esse lugar – falou. – Fica ao lado do médico onde tomo minhas vacinas.

– Vacinas? Que vacinas? – perguntei.

– Sabe, por causa dos cachorros – disse Dan. – Sou alérgico, por isso tenho que tomar vacinas.

Por que eu não sabia disso?

– Sério? Eu não sabia. Você tem que tomar vacinas por causa do Tiki e do Milkshake?

Dan encolheu os ombros.

– Tudo bem. Não dói. Além do mais, gosto dos cachorros.

Ele estacionou bem na frente da Bolos Sensacionais e, quando descemos do carro, fui até ele e lhe dei um abraço.

– Hã, obrigado – ele disse. – Mas é só uma caroninha, nada importante.

Mas eu não o estava abraçando só por causa da carona.

– É *muito* importante – falei. – Obrigada.

Capítulo 17

Dando uma misturada

Comprei um pote de açúcar de canela cintilante e um frasco com pedacinhos de doce de gengibre na loja da Bolos Sensacionais. O Dan usou a calculadora do celular para dividir o custo entre oito dúzias de cupcakes e deu dezenove centavos por unidade. Alexis ficaria tão orgulhosa de mim!

Quando chegamos à nossa casa, Dan foi para o quarto dele e ligou a música alta, mas não me importei tanto como de costume. Coloquei meus fones de ouvido e desenhei um pouco antes de dormir. Eu ia vestir meu pijama, quando minha mãe abriu a porta.

— Bom, ainda bem que deu tudo certo — ela disse.
— Aqueles esquemas que Alexis fez ajudaram muito. Por favor, agradeça a ela por mim.

— Você pode lhe agradecer amanhã — falei. — Todo mundo vai vir aqui depois da aula para testar os cupcakes de chocolate com especiarias, lembra?

— Ah, é! — disse minha mãe. — Ei, por falar nisso, guardei três ingressos na primeira fila para você dar para suas amigas.

Minha mãe procurou na bolsa e tirou três ingressos em papel vermelho, entregando-os para mim.

— São os três últimos ingressos que tenho.

— Obrigada, mãe — falei. Levantei-me e lhe dei um grande abraço.

Minha mãe deu um beijo na minha bochecha.

— Durma bem, querida.

Ela saiu, e fiquei olhando para os três ingressos na minha mão. Eu sabia que Sydney queria muito ir, mas, se eu tinha que dar para alguém, seria para o Clube do Cupcake: *Katie, Alexis, Emma*, escrevi seus nomes no meu caderno. Aí, me lembrei que a Emma não iria. *Katie, Alexis... Sydney?* Eca, isso nunca daria certo.

Tentei pensar em outro jeito. Katie e Alexis nunca me pediram ingressos para o desfile. Provavelmente nem queriam ir. *Sydney, Maggie, Bella, Callie.* Tinha uma menina sobrando, mas quem ficaria de fora? Eu gostava da Callie, então ela estava dentro. Sydney ficaria furiosa se eu a deixasse de fora. Sobravam a Maggie e a Bella, e eu não queria magoar nenhuma das duas. Sempre foram legais comigo.

E aí, como a Katie e a Alexis se sentiriam se eu nem oferecesse os ingressos? Talvez não tenham perguntado simplesmente porque presumissem que iriam...

Frustrada, fechei o caderno. Não queria mais pensar nisso. Talvez a decisão apareceria em sonho...

Mas não apareceu. Eu ainda não tinha tomado uma decisão quando o Clube do Cupcake veio à minha casa no dia seguinte depois da aula. Katie trouxe os ingredientes consigo, e eu estava empolgada para mostrar a elas o que tinha encontrado na Bolos Sensacionais.

— Estão vendo este açúcar cintilante? Tem sabor de canela — falei. — Acho que vai ficar muito bonito em cima dos cupcakes de maçã e combina com o suporte vermelho.

— É perfeito! — concordou Emma.

— E estes são pedacinhos de doce de gengibre — falei, pegando uma das joias alaranjadas. — Achei que ficariam bem com os cupcakes de chocolate e especiarias, já que levam gengibre.

— Vai ficar muito legal — disse Alexis. Ei, posso quebrar os ovos desta vez?

— São todos seus — disse Katie, entregando a caixa.

Antes de começarmos a fazer, minha mãe entrou na cozinha com alguns papéis na mão.

— Oi, meninas — ela falou. — Queria mostrar para vocês onde a mesa dos cupcakes vai ficar no domingo.

Ela espalhou os papéis em cima da mesa, mostrando a organização do salão.

— Olhem, aqui vai ficar a passarela — disse. — E aqui estão os assentos. E as bebidas ficarão aqui.

— Onde fica a entrada? — perguntou Alexis.

– Como assim? – minha mãe indagou.

– Sabe, onde as pessoas entregam seus ingressos e são orientadas sobre os assentos – respondeu.

Minha mãe ficou pálida.

– Ah, não! Não pensei nisso.

Alexis apontou no plano.

– Acho que aqui é o local perfeito. Tenho certeza de que o salão pode conseguir mais uma mesa para você.

Minha mãe deu um abraço na Alexis.

– Você é um gênio! Mia disse que você queria ajudar durante o desfile. Quer trabalhar na mesa dos ingressos para mim?

Alexis parecia empolgada.

– Adoraria! Seria divertido.

– Obrigada, obrigada, obrigada! – falou minha mãe. Ela pegou os papéis rapidamente. – Preciso ligar para o salão agora.

– Queria poder ir – disse Emma depois que minha mãe saiu.

– Eu mando as fotos, prometo – falei.

– Droga de jogo – murmurou Emma. Isso me fez lembrar do Dan, mas, nessa hora, Katie se inclinou sobre a bancada.

– Queria te perguntar – disse Katie – se eu podia ficar e assistir ao desfile depois de arrumarmos os cupcakes.

– Hã, preciso descobrir se minha mãe vai me dar ingressos – menti.

Katie encolheu os ombros.

– Legal. Parece divertido, mas, se os cupcakes estiverem perfeitos, já vou ficar feliz.

Minha cabeça estava a mil. Alexis não precisava de ingresso. Eu precisava dar um para a Katie. Sobravam dois. *Katie, Callie, Sydney?* Estranho demais.

Katie mediu a farinha e jogou-a na tigela.

– Está bem, agora precisamos de uma colher de chá de gengibre em pó e duas colheres de chá de cacau em pó – ela disse. – Depois misturamos.

Emma acrescentou as especiarias, e Katie começou a misturar os ingredientes com um batedor. Ela começou a dançar.

– É isso aí. Mistura, mistura – cantou.

Aí me veio à cabeça: *misturar*. Quando se misturam os ingredientes errados, o resultado pode ser desastroso; mas quando se mistura os ingredientes certos, tudo sai delicioso. De repente, tudo ficou claro: eu sabia exatamente para quem dar os três ingressos.

Capítulo 18

Um pouco de doçura no final

—**N**oventa e cinco, noventa e seis – contou Alexis, colocando o último cupcake em cima do suporte.

Katie, Alexis e eu nos afastamos um pouco e admiramos o nosso trabalho. Nós (e a Emma) levamos o dia inteiro e parte da noite de sábado para fazer todos os noventa e seis cupcakes. Eles estavam lindos, e os suportes que Emma e o pai dela fizeram ficaram muito legais, como eu havia imaginado. As duas torres vermelhas eram simples, mas deram um toque perfeito para as toalhas de mesa coloridas que minha mãe havia escolhido para a mesa de comes e bebes.

– Deixem eu tirar uma foto para a Emma – falei, tirando a foto e enviando-a para ela.

```
Os suportes estão perfeitos! Vc é d+!
```

```
Obrigada!,
```
 respondeu a Emma. ```Saudades de vcs! Vou mandar fotos daqui tb.```

Katie começou a juntar as caixas vazias de cupcakes.

– Eu ajudo – Alexis ofereceu-se.

– Legal – disse Katie, que acenou para mim. – Te vejo depois!

Faltavam apenas duas horas para o desfile, e as coisas estavam ficando frenéticas no salão. O *DJ* estava montando seu equipamento no canto, e minha mãe estava na passarela falando com um cara sobre as luzes. Ela desceu dali quando reparou que havíamos terminado de arrumar.

– Uau, Mia, está fantástico – disse minha mãe. – Parecem deliciosos.

– Obrigada – falei.

– Olhe, as modelos estão começando a chegar. Pode ajudá-las a se vestir? Passo lá daqui um minuto – ela falou, entregando-me uma prancheta com os esquemas da Alexis.

– Claro, mãe – eu disse.

Eu tenho ido a bastidores de desfiles com minha mãe desde que me conheço por gente, mas esta foi a primeira vez que ela me deixou ajudar de verdade. Eu não queria decepcioná-la. Fui até a cortina atrás da passarela. Ela separava o salão em dois espaços: a área do desfile e os bastidores. As modelos se trocavam no espaço atrás da cortina. Por sorte, os esquemas facilitaram muito as coisas. Assim que cheguei aos bastidores, uma modelo com cabelo preto comprido e brilhoso veio até mim.

– Sara Vélaz está aqui? – perguntou.

– Sou filha dela – falei com a voz mais profissional possível. – Poderia me dar seu nome, por favor?

– É Lori – respondeu a modelo.

Encontrei o nome dela no esquema e segui até as araras de roupas. Cada modelo tinha uma foto da roupa que estaria usando abaixo do nome colado em uma parede, e cada uma delas tinha uma arara com todas as roupas penduradas. Achei a "Lori" no cartão colado em uma arara.

– Aqui estão as roupas que você vai usar – falei.

– O vestido vermelho é a primeira roupa. Por favor, passe pela maquiagem primeiro.

Apontei para uma grande sala, onde minha mãe havia acomodado os maquiadores.

– Obrigada, Mia – disse Lori. – Sabe, você é muito parecida com a sua mãe.

As duas horas seguintes passaram voando. As modelos começaram a chegar, e eu e minha mãe ajudamos cada uma delas a se preparar. Houve todo tipo de problema: camiseta grande demais, saia curta demais, modelo com brincos errados, coisas desse tipo.

No meio disso tudo, Ray, o *DJ*, apareceu nos bastidores.

– Sara, uma das tomadas está com problema – disse ele.

Minha mãe olhou para o relógio.

– Ah, que ótimo. O desfile começa em vinte minutos – falou ela, então, se virou para mim. – Mia, você pode ir até o escritório principal e chamar o Ernie? Ele pode nos ajudar a resolver isso.

– Claro, mãe – respondi. Saí por uma porta ali perto, que levava a um corredor sem precisar passar pelo espaço principal, porque sabia que seria mais rápido e haveria menos gente. Pude ver a mesa de recepção à frente. Alexis estava de costas para mim, conversando com três convidadas. Aí, ouvi a voz alta da Sydney:

– Mas tenho *certeza* de que Mia nos colocou na lista.

Com meu coração palpitando, eu me escondi atrás de um grande pilar e ouvi o que estava acontecendo.

– Sydney, lamento, mas seu nome não está nesta lista – falou Alexis. – Nem o da Maggie nem o da Bella.

– É impossível. A Mia nos contou tudo sobre o desfile – disse Sydney, que parecia estar muito brava.

– E cadê a Callie?

– Não há nada que eu possa fazer. Os ingressos estão esgotados – explicou Alexis pacientemente.

– Claro que pode fazer alguma coisa, pode procurar a Mia para mim – insistiu Sydney.

– Esperem um segundo – respondeu Alexis.

Dentro do meu bolso, tocou meu celular, que rapidamente desliguei. Querendo ou não, eu teria de encarar a fera. Saí de trás do meu pilar e fui até a recepção. Sydney estava superarrumada, usando um vestido preto com uma saia bufante e salto alto preto. Seu cabelo estava penteado para trás e usava muito perfume.

– Ali está ela! – disse Sydney apontando para mim.

– Mia? Acabei de tentar te ligar – falou Alexis, de um jeito confuso. – De qualquer forma, a Sydney, a Maggie e a Bella estão dizendo que você as colocou na lista – ela disse, olhando para mim.

– Eu sei – falei. Estava me sentindo péssima. – Olhem, me desculpem por isso, mas eu não tinha ingressos suficientes para todo mundo – falei com voz fraca. Sydney ficou olhando para mim.

– Mas você prometeu que poderíamos vir! – gritou Maggie.

– Não prometi nada – respondi –, mas eu deveria ter lhes falado sobre os ingressos antes. Desculpem-me mesmo.

Aí eu tive uma ideia.

– Ei, por que vocês não vêm até os bastidores e ajudam? Posso perguntar para minha mãe se podem. É um jeito muito legal de assistir ao desfile.

Sydney parecia horrorizada.

– Viemos assistir ao desfile, e não *trabalhar* nele – ela disse, com uma cara de desgosto na direção da Alexis. – Mia, não sei como pôde fazer isso com uma amiga. Eu estava pensando seriamente em torná-la membro do CMP, mas vamos ter que reavaliar sua situação agora.

– Bem, amigas minhas não ficam se *avaliando* – devolvi.

Sydney saiu sem dizer mais nada, com Maggie e Bella atrás.

Virei-me envergonhada para Alexis.

– Não se preocupe, todo mundo comete erros... até eu! – disse Alexis. Ela estava se segurando muito para não rir. – Ei, você não tinha que estar nos bastidores ajudando sua mãe?

Dei um tapa na minha testa.

– Ah, não! Tenho que achar o Ernie!

Por sorte, Ernie estava no escritório e rapidamente foi comigo até os bastidores. Ajudei minha mãe com o resto das modelos, e Ernie voltou alguns minutos depois.

– Está tudo pronto, srta. Vélaz – ele disse à minha mãe.

Minha mãe se virou para mim.

– Respira fundo – falou, e nós duas respiramos fundo ao mesmo tempo. – Tudo bem, lá vou eu.

Minha mãe apareceu na passarela, e o público barulhento ficou em silêncio. Andei até a ponta da cortina e abri um pouco discretamente para poder assistir.

– Obrigada a todos por terem vindo hoje! – ela disse. – Sou Sara Vélaz, e hoje vocês conhecerão algumas das últimas tendências dos melhores estilistas. Selecionamos cuidadosamente os visuais de hoje para lhes mostrar como podem adicionar peças-chave e tornar seu guarda-roupa especial.

Todos aplaudiram.

– E depois do desfile, fiquem para um pouco de doçura, cortesia do Clube do Cupcake – falou minha mãe, apontando para a mesa de comes e bebes.

Eu me dei conta de que minha mãe poderia ter contratado qualquer pessoa para o seu primeiro grande evento, mas ela nos escolheu. Acho que foi o jeito dela de incluir meu último hobby e minhas novas amigas. Minha mãe estava realmente se esforçando para encaixar tudo. Olhei para o lado e vi Eddie de pé, lá atrás. Ele parecia muito orgulhoso. Estava tirando fotos e filmando tudo. Por falar nisso... liguei meu celular. Eu me deparei com uma foto que a Emma tirou de seu irmão Jake segurando a faixa que fiz: FORÇA, DAN! E havia uma mensagem do Dan:

Valeu, mana. Guarde um cupcake para mim.

Não resisti em abrir um sorriso quando ele me chamou de "mana". Olhei para a primeira fila e acenei para as minhas três amigas sentadas lá: a Katie, a Callie e a Ava. Minha melhor amiga do Clube do Cupcake, minha melhor amiga do CMP e minha melhor amiga de Nova York: a mistura perfeita.

Ainda não tinha descoberto como misturar *todas as coisas* da minha vida antiga e da minha vida nova, mas não tinha problema. Isso já era bom o bastante e, até agora, os resultados eram ótimos.

Cupcakes de baunilha com cobertura de creme de manteiga com baunilha

Rende 12 cupcakes

Se você não for especialista em confeitaria como a Mia, não tem problema: aqui está uma receita fácil e rápida que também é ótima! Peça a supervisão de um adulto antes de você começar, pois precisará de ajuda com o forno ou a batedeira.

Para a massa:

- ½ xícara de manteiga sem sal em temperatura ambiente
- 2/3 xícara (120 g) de açúcar cristal
- 3 ovos grandes em temperatura ambiente
- 1 colher (chá) de essência de baunilha
- 1 ½ xícara (180 g) de farinha de trigo

- ½ colher (sopa) de fermento em pó
- ¼ xícara (60 ml) de leite integral
- 2 pitadas de sal

Para a cobertura:

- ½ xícara de manteiga sem sal em temperatura ambiente
- 4 xícaras de açúcar de confeiteiro peneirado
- 1/3 xícara (80 ml) de leite integral
- 1 colher (chá) de essência de baunilha
- corante alimentício (opcional)

Preparo:

- Centralize a grade do forno e preaqueça a 180°C. Coloque uma forma de papel dentro de cada forma de metal.
- Cupcakes: Em uma tigela média, bata a manteiga e o açúcar com uma batedeira em velocidade média até ficar cremoso. Depois, adicione os ovos, um de cada vez. Acrescente a essência de baunilha.

- ✓ Em uma tigela separada, misture a farinha, o fermento e o sal. Com a batedeira em velocidade baixa, adicione a mistura da farinha à mistura manteiga/açúcar, alternando com o leite. Misture até ficar homogêneo.
- ✓ Encha uniformemente as formas de cupcake com a massa e asse por cerca de 18 a 20 minutos ou até que um palito inserido no meio de um dos cupcakes saia limpo. Retire-os do forno e coloque sobre uma grade para que esfriem completamente antes de colocar a cobertura.
- ✓ Cobertura: Em uma tigela média, bata a manteiga na batedeira até que fique cremosa. Acrescente um pouco do açúcar, alternando com o leite e a baunilha até que esteja tudo misturado. Acrescente corante alimentício conforme as instruções da embalagem e misture bem para colorir a cobertura. Depois, passe a cobertura nos cupcakes.

Quer conhecer outras aventuras do

Clube do Cupcake?

Não perca o terceiro livro dessa doce série!

Emma
na corda bamba

Coco Simon sempre sonhou em ter sua própria lojinha de cupcakes, mas teve medo de acabar comendo todo seu estoque. Quando ela não está sonhando acordada com cupcakes, é editora de livros infantis. É também autora de quase cem livros para crianças, adolescentes e jovens adultos, número bem menor que o de cupcakes que ela já comeu.

Com *O Clube do Cupcake*, ela pode finalmente misturar suas duas maiores paixões: escrever e comer os deliciosos bolinhos!

**INFORMAÇÕES SOBRE NOSSAS PUBLICAÇÕES
E ÚLTIMOS LANÇAMENTOS**

Cadastre-se no site:

www.novoseculo.com.br

e receba mensalmente nosso boletim eletrônico.

novo século®